D1135597

De schaduw van Zwarterik

Voor mijn vader

Van Henk Hardeman is verschenen:

Het zwarte vuur
De prinses van Ploenk
De bastaard van de hertog
Het rijtjespaleis
Zebedeus en het zeegezicht
De pirate van Ploenk

Voor meer informatie:
www.uitgeverijholland.nl
www.henkhardeman.nl

HENK HARDEMAN

DE SCHADUW VAN
Zwarterik

Tekeningen van Harmen van Straaten

Uitgeverij Holland - Haarlem

NEDERLANDSE
KINDERJURY

Dit boek kan gekozen worden door de Nederlandse Kinderjury 2009

Omslag en tekeningen: Harmen van Straaten
Typografie omslag: Ingrid Joustra, Haarlem

© Uitgeversmaatschappij Holland - Haarlem, 2008

ISBN 978 90 251 1052 9
NUR 282

INHOUD

I
MIST

De mist was zo dik dat je er een taartpunt uit kon snijden.

De koets jakkerde erdoorheen alsof de duivel het voertuig op de hielen zat. De oude koetsier en zijn jonge metgezel hadden het gevoel dat ze niet alleen waren. Ze spitsten hun oren, maar hoorden slechts het geratel van de met ijzer beslagen wielen. De koetsier keek schichtig om zich heen en maande de twee paarden tot nog grotere snelheid.

De jongen was klein, en mager als een lat. Hij was onlangs kaalgeschoren na een luizenplaag en droeg een armoedig hemd, een rafelige broek en laarzen die al te vaak waren opgelapt. De kleren van het mannetje waren er niet veel beter aan toe, maar hij droeg wel een warm vest en een pet.

'Mist, mist en nog eens mist,' mompelde hij. 'Er lijkt geen einde aan te komen. Ik had die professor nee moeten verkopen...'

'Kunnen we niet beter stoppen, baas?' vroeg de jongen bezorgd, 'tot het wat opklaart? Of vaart minderen? De weg is bijna niet meer te zien, straks vallen we nog in een sloot.' Hij knikte naar achteren. 'En voor die twee daarbinnen is dat gehobbel vast geen pretje. Vooral niet voor die eh... mejuffer,' voegde hij er blozend aan toe.

'Vaart minderen?' De ogen van de koetsier werden groot. 'Stoppen? *Hier*?' Hij was even stil. 'Ben je levensmoe, knul?'

'Nee hoor.' De jongen keek hem verbaasd aan. 'Hoezo?'

Het mannetje zwaaide met een vinger. 'Tis hier niet pluis, Spriet, zo waar als ik Ischias heet. Hoe eerder we hier doorheen zijn, hoe beter.'

'Wát is er dan niet pluis?'

De oude keek over zijn schouder. Hij liet zijn stem zakken en prevelde: 'De Zwarte Jager waart hier rond...' Met een dorre hand wapperde hij door de nevelslierten. 'Dit is zijn jachtgebied.'

'De Zwarte Jager?' zei Spriet.

'Ssst!' siste Ischias. 'Niet zo hard. Heb je nooit van hem gehoord?'
Spriet schudde zijn hoofd.

Ischias wierp een blik over zijn andere schouder. 'De Zwarte Jager spookt hier al jaren,' ging hij verder. 'En als ik zeg spoken, dan bedoel ik ook spoken. Want een gewoon mens is het niet.'

De jongen voelde zich niet meer helemaal op zijn gemak. 'Maar wat is hij dan? Spoken bestaan toch niet?'

'Laat me je dit vertellen, jonkie…' De koetsier boog zich vertrouwelijk naar hem toe. 'Hij verschijnt uit het niets, midden in de nacht. En hij verdwijnt ook weer als bij toverslag. Niemand heeft ooit zijn gezicht gezien, want hij draagt een zwarte kap over zijn hoofd. Een beulskap, met twee gaten voor z'n ogen. Hij is gehuld in een zwarte mantel en rijdt op een zwart paard. Zwart als de nacht. Maar z'n zwaard glimt als de bliksem.'

Het was even stil.

De mist streek met een klamme hand langs Spriets wangen. 'Maar als

dit zijn eh jachtgebied is,' zei hij aarzelend, 'waar jaagt-ie dan op? Hier is volgens mij geen dier te bekennen.'

Ischias' stem was niet meer dan een fluistering toen hij antwoordde: 'Hij jaagt ook niet op dieren...'

Het kostte de passagiers moeite om te blijven zitten. De koets schudde zo hevig, dat ze van de ene naar de andere kant vlogen. En als de wielen over een hobbel of een bobbel reden, schoten ze tegen het plafond.

De jongste van de twee keek door een raampje. Het was een jongedame in een deftige japon, afgezet met kant. Boven op haar lange blonde haren prijkte een plat strooien hoedje met zijden linten. Haar kleine voeten waren gestoken in rijglaarsjes. 'Ik zie geen steek. Weet die koetsier waar hij moet rijden?'

'Dat hoop ik wel, Mirabelle,' zei het heertje tegenover haar. 'Ik zou hier niet graag stranden.' Hij had een sikje, en droeg een knijpbril en

een hoge hoed. In zijn vestzak hing een horloge aan een gouden ketting. Af en toe wierp hij ongeduldig een blik op de wijzerplaat. 'Volgens de kaart was dit de kortste route.' Hij knikte in de richting van de bok. 'En die oude baas was de enige die over deze weg wilde rijden. Al kostte het me een hoop geld om hem zover te krijgen. Maar ik betaal hem pas als we er zijn.'

'Raar hoor.' Mirabelle keek naar haar reisgenoot. 'Is er soms iets met deze weg aan de hand, meester Mandus?' vroeg ze gretig.

Hij zette zijn bril recht. 'Geen idee. Niemand wilde het me vertellen. Of liever gezegd, niemand dúrfde het me te vertellen. Het was net of ze ergens bang voor waren.'

'Bang?' fluisterde Mirabelle. 'Waarvoor dan?' Haar wangen kregen een kleur. 'Natuurlijk,' riep ze toen, 'het stikt hier van de rovers! Waar moet je anders bang voor zijn onderweg? Ze liggen vast op de loer, met een mes tussen hun tanden, belust op buit en mooie vrouwen!'

'Nu is het uit met die kullaria!' sprak meester Mandus streng. 'Je weet wat we hebben afgesproken. Geen avonturen meer en geen rare verzinsels. Je bent bijna volwassen en nu...'

'Ja ja,' verzuchtte Mirabelle. 'U hebt het al zo vaak gezegd dat ik het wel kan dromen... ik ben bijna volwassen en nu is het tijd om het leven serieus te gaan nemen.'

Meester Mandus leunde naar achteren en sloot vermoeid zijn ogen. 'Precies. Het is maar dat je het weet.'

Mokkend keek Mirabelle voor zich uit. 'Maar waarom moet ik dan naar die kostschool?'

'Voor de zoveelste keer, het ís geen kostschool. Het is een instituut voor de verfijning van jongedames van goede komaf.'

'Nou, ik hoef niet verfijnd te worden,' zei het meisje verontwaardigd. 'Ik ben al fijn genoeg.'

Meester Mandus gaf geen antwoord.

Mirabelle keek weer uit het raam. Ze hoopte maar dat die rovers gauw zouden komen. Voordat ze zich dood verveelde.

Het zicht was nog slechter geworden.

Spriet en Ischias zwegen al een hele tijd. De koetsier had niet gezegd waar de Zwarte Jager dan wél op jaagde, maar Spriet kon het wel raden. Daarom schoot hij nu bij ieder vreemd geluid overeind, trillend als een waterjuffer. 'Het is maar goed d-dat het zo mist,' hakkelde hij. 'Wij k-kunnen de Zwarte Jager niet zien, maar hij ons ook niet.'

Ischias snoof. 'Pha! Hij hóéft ons ook helemaal niet te zien! De Zwarte Jager heeft een scherp gehoor. En zijn reuk is zo goed als die van een wolf. Hij vindt ons blindelings.'

'Dat klinkt meer als een beest...'

'Ik zei toch dat het geen gewoon mens is!' Ischias rolde met zijn ogen. 'Als ik had geweten dat het hier zo erg zou misten, was ik nooit gegaan. Het is dat die professor diep in de buidel tastte. Maar wat heb je aan al dat geld, als je het met je leven moet betalen?'

'Misschien kunnen we ergens overnachten?' zei Spriet. 'Morgen is die mist vast weer verdwenen.'

'Ergens overnachten?' herhaalde de koetsier spottend. 'In de openlucht?' Hij schudde het hoofd. 'Dan kunnen we onszelf beter meteen overgeven aan de Zwarte Jager!'

'Nee, niet in de openlucht. In een herberg natuurlijk.'

'Welja, een herberg. Toe maar. En waar zie jij er dan ergens eentje, hm?'

Spriet wees. 'Nou, dáár bijvoorbeeld.'

Vlak voor hen doemde uit de mist een gebouw op. Op een uithangbord stond in grote, nog maar net leesbare letters: DE VROLIJKE PAPEGAAI. Eronder hing een scheef bordje: KAMERS VRIJ.

'Hooo!' riep Ischias. De paarden steigerden. Met veel gepiep en gekraak kwam de koets tot stilstand.

'Dat scheelde maar een haartje,' zei Spriet. Van schrik vergat hij helemaal te stotteren. 'We hadden bijna de deur geramd!'

Ischias wiste zich het zweet van het voorhoofd. 'Welke gek zet nou ook een herberg midden op de weg!'

Spriet sprong op de grond en keek om zich heen. 'Hij staat niet midden op de weg. Wij zijn van de weg geraakt. Dit is een erf.'

Het mannetje kneep zijn ogen tot spleetjes. Argwanend bekeek hij het gebouw. 'Kamers vrij... Zal wel. Alle luiken zijn gesloten. D'r is hier in geen eeuwen een levende ziel geweest. Nou ja, tis beter dan niks.'

De herberg maakte een krakkemikkige indruk. Het rieten dak was rafelig en hier en daar zaten er grote gaten in. Een woekerende klim-op hield het gebouw in een wurggreep, maar zorgde er tegelijk voor dat het niet van ellende in elkaar zakte.

Meester Mandus stak zijn hoofd naar buiten en fronste zijn wenkbrauwen. 'Waarom zijn we hier gestopt, voerman?'

Mirabelle keek nieuwsgierig uit het andere raampje.

'Omdat we hier gaan overnachten,' zei Ischias.

Meester Mandus duwde het brilletje terug op zijn neus. 'Niet onverstandig gezien deze dichte mist.' Hij keek op zijn horloge. 'Bovendien zijn we toch al te laat voor onze afspraak. Maar is dit logement nog in bedrijf? Het maakt niet bepaald een uitnodigende indruk.'

'Het lijkt wel een spookhuis!' zei Mirabelle opgetogen.

'Veel keus hebben we niet, professor,' zei Ischias. 'In elk geval hebben we een dak boven onze kop. Maar als u buiten wilt slapen, houd ik u niet tegen.' Hij spoog op de grond.

'Stuitend!' prevelde meester Mandus. 'En dat waar een dame bij is!'

Mirabelle onderdrukte een giechel.

'Zullen we dan maar naar binnen gaan?' zei Spriet. 'Hierbuiten is het veels te gevaarlijk vanwege de Zwa...'

'Vanwege de zware mist. Inderdaad!' onderbrak Ischias hem. Hij gaf Spriet een douw. 'Ga jij es aankloppen, jonkie.'

De jongen klopte aarzelend op de deur.

Er gebeurde niets.

'Da's geen kloppen,' mopperde Ischias. 'Da's aaien.' Hij duwde Spriet opzij en deelde een paar ferme dreunen uit op het hout.

Er gebeurde nog steeds niets.

'Laat mij eens.' Meester Mandus beende naar voren. 'Misschien horen ze dit wél.' Hij wees op een ijzeren klingelbel, en gaf er een flinke ruk aan. De bel schoot los en viel rinkelend op de grond.

'Doorgeroest,' constateerde Ischias. 'Belooft niet veel goeds.' Hij bonkte met zijn vuist op de deur. 'Volluk!'

Toen klonk er gestommel achter de deur. 'Wie is daar?' vroeg een achterdochtige stem.

'Gasten!' riep Ischias.

'Gasten?' herhaalde de stem nu ongelovig.

In de deur ging een luikje open. Er verscheen een waterig oog dat hen door kleine tralies heen spiedend aankeek. Even later klonk het geschuif van grendels, geratel van kettingen, en het geknars van sleutels die werden omgedraaid. De deur ging op een kiertje open. 'Kom binnen!' drong de stem aan. 'Gauw gauw! Er zwerft duister volk langs de wegen…'

2

DE VROLIJKE PAPEGAAI

Achter de deur bevond zich een kleine gelagkamer. Het enige licht kwam van een olielamp die aan een laag balkenplafond hing. Er stonden wat tafeltjes met stoelen erbovenop en in een hoek was een stel biertonnen opgetast. Over alles lag een dikke laag stof en spinnenwebben sliertten als touwladders vanaf het plafond omlaag. Vlak bij de ingang hing een ronde, metalen kooi waarin een papegaai roerloos op een stokje zat.

Ze waren nog maar nauwelijks over de drempel of de herbergier begon de deur alweer op slot te doen. Hij schoof zes grendels op hun plaats, hing vier kettingen in een schuif, en draaide driemaal een grote sleutel om. Tot slot blokkeerde hij de deur met een zware balk.

Meester Mandus plukte peinzend aan zijn sik. 'Zo zo,' prevelde hij. 'Dat zijn voorwaar geen halve maatregelen.'

De herbergier knikte somber. 'De tijden zijn ernaar, meneer.' Hij was lang en mager en zijn gezicht zag grauw. In zijn ogen lag een holle blik, alsof hij in geen tijden had geslapen. 'Maar hierbinnen zijn we veilig, maakt u zich daarover maar geen zorgen.'

Mirabelle keek gretig naar de deur. 'Is er daarbuiten dan iets engs?'

'Wolven,' zei de herbergier haastig. 'Een hele roedel, groot en vals. Ze hebben scherpe tanden en klauwen, en ze zijn uitgehongerd. Dus u begrijpt dat ik ze liever buiten de deur houd. We zitten hier nogal afgezonderd sinds het dorp verlaten is, en...'

'Waarom is het dorp verlaten?' vroeg Mirabelle. 'En wat bedoelde u daarnet met duister volk? Had u het soms over ro...'

'Mirabelle!'

'Pardon, meester Mandus.'

Spriet liep naar de kooi. 'En dit is zeker de vrolijke papegaai.' Hij stak zijn vingers door de tralies. 'Poele poele poele. Koppie-krauw. Wat zegt-ie dan?' Na een tijdje gaf hij het op. 'Nou, die is ook niet erg spraakzaam. Wat een stijve hark, zeg!'

Mirabelle kwam bij hem staan. Ze blies een laag stof van de vogel. 'Dacht ik al,' zei ze toen. 'Opgezet.'

'O,' zei Spriet toen hij was uitgehoest. 'Op die manier.'

'Mijn verontschuldigingen voor het achterstallig onderhoud,' zei de herbergier. 'Mijn vrouw is bedlegerig en we kunnen geen personeel meer betalen, want de zaken gaan slecht. We krijgen hier nauwelijks meer gasten sinds…'

'… het dorp verlaten is,' vulde Mirabelle vrolijk aan.

'Inderdaad, jongejuffer.'

Meester Mandus wierp Mirabelle een strenge blik toe. 'Genoeg gepraat,' zei hij. 'We hebben een lange rit achter de rug, herbergier. We zijn moe en we hebben honger en dorst.'

Ischias knikte. 'En de paarden ook.'

'Natuurlijk,' zei de herbergier, 'neemt u me niet kwalijk.' Hij schraapte zijn keel. 'Gelukkig heb ik behoorlijk wat proviand in de kelder. Dat is dus geen probleem. Alleen wat de kamers betreft…'

'Ja?' zei meester Mandus.

'Ze zijn niet allemaal eh gereed, za'k maar zeggen. We hebben d'r op 't moment drie beschikbaar.'

'Prima. Dat betekent dat ik en Mirabelle ieder een eigen kamer hebben.' Meester Mandus knikte naar Ischias en Spriet. 'Voerman, ik neem aan dat je het niet erg vindt om een kamer te delen met de jongen?'

Ischias schudde het hoofd. 'Maakt me niet uit. Als ik maar droog lig.'

'Mooi,' zei de herbergier opgelucht. 'Da's dan geregeld. Dan ga ik nu wat wijn en brood halen en de haard stoken. En terwijl u van uw maaltijd geniet, zal ik de kamers in orde maken.'

'Momentje,' zei Ischias. 'Kan ik de koets en de paarden stallen? Ik laat

ze niet graag onbeheerd achter. Zeker niet nu die eh wolven daarbuiten rondzwerven. Bovendien zit alle bagage er nog bovenop.'

'Hierachter is een grote schuur.' De herbergier maakte de deur weer open en gebaarde naar de mist. 'Gaat u maar vast naar de koets, dan kom ik zo dadelijk naar de schuur met wat haver en water voor de paarden.'

Ischias knikte naar Spriet. 'Kom, jonkie.'

Spriet begon te trillen. 'Moet ik echt mee, b-baas?'

'Blijf dan maar hier, bangebroek,' bromde de koetsier. Hij liep naar buiten en de deur werd meteen weer achter hem gesloten.

De mist omvatte hem als een kille deken. De koets moest ergens vlak bij de ingang van de herberg zijn. Ischias tastte als een blinde in het rond, maar zijn vingers graaiden keer op keer in het luchtledige. Hij begreep er niets van. Had hij de paarden dan niet goed vastgemaakt? Ergens dichtbij klonk gehinnik. Of was het een fluit? Ischias schudde het hoofd. Onzin, wie ging er nu op een fluit staan blazen buiten in de mist? Hij spitste zijn oren toen hij het geluid opnieuw hoorde. Nee, het was gehinnik, geen twijfel mogelijk. Hij liep een stukje die kant op. 'Kom maar bij Ischias,' sprak hij op paaiende toon. 'Dan krijgen jullie wat lekkers.'

Even bleef het stil. Toen hoorde hij de dieren weer, ditmaal een heel eind verderop. Aarzelend keek hij over zijn schouder, maar de herberg was al niet meer te zien. Hij vermande zich en deed dapper nog een paar stappen in het witte niemandsland.

Zo ging het nog een tijdje door - af en toe klonk er gehinnik, waarop Ischias weer een paar stappen deed en dan goed luisterde, wachtend op een volgend teken van de paarden.

Ten slotte doemde er iets donkers op uit de mist, maar het waren geen paarden. Zwarte reuzen kwamen dreigend op hem af, met uitgestrekte armen en graaiende grijpklauwen.

'Nee!!'

Ischias probeerde tussen hun benen door te glippen, maar hij botste tegen een van de reuzen aan en werd van achteren vastgegrepen. Uit alle macht probeerde hij zich los te rukken, en merkte toen dat hij een grote tak vasthield. Er waren helemaal geen reuzen, hij was verstrikt geraakt in de takken van een boom! Zonder het te weten, moest hij in een woud zijn beland. Een woud met enorme bomen...

Opgelucht haalde de koetsier adem. 'Paardjes?' fluisterde hij, alsof hij bang was dat er misschien toch ergens reuzen op de loer lagen. 'Paardjes... waar zijn jullie nou toch?'

In de verte klonk hoefgetrappel en gesnuif.

'Paardjes?'

Het geluid kwam dichterbij. Maar het was afkomstig van één paard, niet van twee. Toen hoorde hij gerinkel van metaal.

Ischias rilde, maar niet van de kou.

Hij versteende toen er een zware hand op zijn schouder werd gelegd.

Meester Mandus raadpleegde voor de zoveelste keer zijn zakhorloge. 'Curieus,' zei hij. 'Waar blijven ze toch?'

Ze hadden zich tegoed gedaan aan brood en warme wijn, gerookte ham, gepofte appeltjes met kaneel en andere lekkernijen. Spriets buik stond op ploffen, maar hij was nog druk aan het schransen. Hij hield pas op toen hij de andere twee naar hem zag kijken.

Met zijn mouw veegde hij een klodder honing van zijn kin. 'Tisser?' vroeg hij met volle mond.

Meester Mandus tikte op zijn horloge. 'Jouw baas is al een uur weg, en de herbergier bijna drie kwartier. Ze hadden de koets en de paarden allang in die schuur gezet kunnen hebben.'

Spriet slikte de laatste hap door. 'Denkt u dat er iets is gebeurd?' Zijn ogen werden groot. 'Iets ergs?'

'Dat vraag ik mij inderdaad af.' Hij legde zijn wijsvinger tegen het puntje van zijn neus. 'Er zijn drie mogelijkheden,' sprak hij bedachtzaam. 'Primo, men is verdwaald in de mist. Secundo, men wordt opgejaagd door wolven. Tertio, een combinatie van beide.'

Spriet werd lijkbleek. Er is nóg een mogelijkheid, dacht hij. Hij opende zijn mond om het te zeggen, maar er kwam geen geluid uit.

'Gaat het?' vroeg Mirabelle.

'Laat hem maar,' zei meester Mandus. 'Het zal de schrik zijn.'

'Wat doen we nu?'

'Afwachten.' Hij haalde zijn schouders op. 'We kunnen ze moeilijk in die dichte mist achternagaan.'

Mirabelle begon te ijsberen. 'Maar we moeten toch iets doen?'

Er werd op de deur gebonsd.

'Daar zijn ze!' zei Mirabelle. Maar toen ze de deur opende, stond alleen de herbergier op de drempel. Ze keek langs hem heen, maar zag niets dan mist. 'Waar is de koetsier?' vroeg ze verbaasd.

'Helaas,' hijgde de man. Hij schoot naar binnen en deed alle sloten dicht. Toen hij weer op adem was gekomen, zei hij: 'Ik heb hem overal gezocht, jongejuffer, maar tevergeefs. Ik vrees dat hij verdwaald is in de mist. Het is nog een wonder dat ik zelf de herberg heb teruggevonden!'

'En de koets?' vroeg meester Mandus. 'Hebt u de koets en de paarden in de schuur gestald?'

Zwijgend hing de herbergier zijn jas aan een haakje en warmde zich aan het haardvuur. Zonder hen aan te kijken, zei hij: 'De koets en de paarden zijn ook spoorloos.'

'Spoorloos?' herhaalde Mirabelle. 'Hoe kan dat nou?'

'Waarschijnlijk zijn de paarden geschrokken en toen op hol geslagen.'

'Waarvan zouden ze geschrokken moeten zijn?' vroeg meester Mandus.

De herbergier haalde zijn schouders op. 'Wolven?'

'Of… *rovers*,' zei Mirabelle. 'Misschien hebben zij de koets wel gepikt. Omdat ze dachten dat er geld in zat. En juwelen!'

'Kullaria!' zei meester Mandus. 'Er zíjn hier geen rovers.'

De enige die niets zei was Spriet. Bibberend en bevend zat hij op zijn kruk, met een lege blik voor zich uit starend.

'We moeten ze gaan zoeken!' Mirabelle rende naar de deur.

De herbergier keek haar meewarig aan. 'U kunt beter wachten tot morgen. Misschien is de mist dan weer opgetrokken.'

'Ik vrees dat hij gelijk heeft, Mirabelle.' Meester Mandus keek fronsend naar de deur. 'Je weet wat dit betekent.'

Mirabelle schudde haar hoofd. 'Wat dan?'

'Zonder koets zitten we hier vast.'

'U bedoelt dat we hier niet weg kunnen?' Het meisje probeerde haar blijdschap te verbergen. 'O, wat vreselijk! Dus we kunnen voorlopig ook niet naar die kost… naar dat instituut voor fijne dames?'

Meester Mandus knikte. 'Tenzij de herbergier een paard en wagen heeft.'

De herbergier schrok overeind. 'Huh?'

'Ja, beste man. Kunt u ons naar een plaats brengen waar we kunnen overstappen op een andere koets? Geld is geen bezwaar.'

'Dat zal helaas niet gaan, meheer. Ik heb wel een paard, maar dat is mank. Het arme dier kan niet harder dan een sukkeldrafje. Eens in de zoveel tijd span ik er een karretje achter en dan gaan we op ons dooie gemak naar de markt. Meer kan m'n paardje echt niet aan.' Hij dacht even na. 'Maar ik kan wel een boodschap voor u overbrengen.'

'Goed,' zei meester Mandus. 'Wilt u zodra het mogelijk is voor ons in de dichtstbijzijnde plaats een koets bestellen? En de politie moet worden ingelicht. Zij kunnen beter gaan speuren naar de koetsier dan wij. Bovendien komen we anders veel te laat op onze bestemming.'

'Dat kan wel even duren,' waarschuwde de herbergier. 'Met dat slechte weer en die eh wolven ga ik voorlopig niet de weg op.'

'We zullen zien.' Meester Mandus keek op zijn klokje en klapte het dicht. 'Bedtijd, Mirabelle.'

'Maar ik heb nog helemaal geen slaap!' protesteerde ze. 'Ik ben klaarwakker. Er is zoveel om over na te denken, en...'

'Doe dat morgen maar.' Meester Mandus stond op. 'Zijn onze kamers gereed?'

'Ja, meheer,' zei de herbergier met een onderdanige buiging. 'En ik wens u ondanks alles een aangename nachtrust.'

Mirabelle knikte naar Spriet. De jongen keek nog steeds strak voor zich uit, alsof hij gehypnotiseerd was. 'Wat doen we met hem? Hij kan daar toch niet de hele nacht zo blijven zitten?' Ze liep naar hem toe. 'Jij heet Spriet, hè?'

'Bespaar je de moeite, Mirabelle,' zei meester Mandus. 'Daar komt voorlopig niks zinnigs meer uit.'

Maar na een tijdje opende de jongen zijn mond en stotterde: 'Zw... Zwa...'

Meester Mandus trommelde ongeduldig met zijn vingers op de tafel. 'Zware mist? Ja, dat wisten we al.'

'Ssst!' Mirabelle legde een vinger tegen haar lippen.

'Zwar... Zwarte...'

'Dat jungske ijlt.' De herbergier drentelde onrustig heen en weer. 'Hij moet naar bed. Een warme kruik erbij, een slokje brandewijn met suiker. Dan komt het vanzelf weer goed. Zal ik hem maar naar boven...'

Spriet knipperde met zijn ogen. '*Zwartejager,*' zei hij in één adem.

'Zwarte Jager?' Meester Mandus keek verwonderd. 'Wat bazelt hij?'

Mirabelle boog zich over Spriet. 'Wie is de Zwarte Jager?'

Maar de jongen zei niets meer. Zijn blik boorde dwars door haar heen, alsof hij in de verte iets vreselijks zag.

3
DANS IN DE NACHT

Midden in de nacht hoorde Mirabelle een akelige gil.

Spriet?

Ze spitste haar oren. Even was het stil, toen hoorde ze een zacht gemompel en gejammer, met af en toe een uitschieter. Nee, de jongen was het niet. Wie dan wel? Ze luisterde nog eens goed. Het was een vrouw. En behalve haarzelf was er maar één andere vrouw in de herberg…

De vrouw van de herbergier!

Nu was Mirabelle klaarwakker. Ze vroeg zich af wat er met de vrouw aan de hand was. Bedlegerig, had de herbergier gezegd. Maar was dat de waarheid? De man gedroeg zich nogal verdacht, alsof hij iets te verbergen had. Misschien hield hij zijn vrouw wel gevangen! Mirabelle fronste haar wenkbrauwen. Ze was hier nog geen dag en de raadsels stapelden zich op.

De maan scheen door een gat in het gordijn de kamer in. Dat betekende dat de mist minder dicht was geworden. Ze zuchtte. Kon ze maar naar buiten om de koetsier te gaan zoeken. Maar dat vond meester Mandus vast geen goed idee, dus dat kon ze wel vergeten.

Tenzij ze het stiekem deed natuurlijk.

Mirabelle sprong uit bed en schoof het gordijn opzij. Flarden mist zweefden als geesten door de maanverlichte nacht. Ertussendoor ving ze een glimp op van een groot, donker gebouw. De schuur. 'Zie je wel,' mompelde ze, 'het zicht is echt iets beter geworden.' Als ze naar buiten klom, kon ze langs de klimop afdalen. Nog voor het dag werd, kon ze weer terug zijn. Meester Mandus hoefde er niets van te merken.

Uit alle macht probeerde Mirabelle het raam te openen, maar ze kreeg er geen enkele beweging in; de klimop had zijn tentakels ook over het glas uitgestrekt. Ze zuchtte opnieuw. Was ze maar een rover, dan wist ze vast wel wat ze nu moest doen.

Vanuit het niets klonk er plotseling betoverende muziek. De tonen van een fluit, ijl als de wind en zoet als het koeren van een duif. Mirabelle draaide zich om. Wat ze toen zag, deed haar hart sneller kloppen en ze voelde dat haar wangen rood kleurden.

Bij de deur stond een rover.

Een echte.

Een ruige. Met een woeste baard, gouden ringen in zijn oren en een brutale grijns op zijn smoel. Er stak een dolk in zijn riem en ook eentje in zijn linker kaplaars. De muziek veranderde van het ene op het andere moment in een opzwepende melodie. De rover duwde zijn breedgerande hoed naar achteren, en twee fonkelende ogen werden zichtbaar. Zwijgend stak hij een enorme hand naar haar uit.

Mirabelle deed een stap naar voren.

Ze legde haar kleine hand in zijn kolenschop. Zachtjes, alsof hij bang was haar pijn te doen, omsloot de rover haar vingers met de zijne en trok haar tegen zich aan. Voordat ze het wist, zwierden ze door het kamertje, begeleid door steeds wilder wordende klanken.

Spriet was klaarwakker. Hij luisterde naar het klaaglijke gekreun en de wind die onheilspellend om het huis loeide.

De herbergier had hem als een standbeeld naar boven gesjouwd en met kleren aan op bed gelegd. Zelfs Spriets laarzen had hij niet uitgetrokken. De man had hem toegedekt met een paardendeken en was toen weggesloft. Spriet had een hele tijd geen spier kunnen bewegen, maar nu beefde zijn hele lichaam. Het leek wel of het nooit meer zou ophouden.

Een spookhuis, had juffrouw Mirabelle gezegd. Ze had gelijk. Hij wilde hier geen minuut langer blijven. Maar naar buiten durfde hij ook niet, want daar loerde de Zwarte Jager…

'Misschien kan ik die professor om hulp vragen,' fluisterde Spriet tegen de duisternis. Hij schudde zijn hoofd. Nee, dat heertje vond alles maar kullaria. Ineens wist hij het. 'Juffrouw Mirabelle!'

Gisteravond had ze al op zoek willen gaan naar Ischias. Bovendien was ze bezorgd geweest om hém, een knechtje. Dat was nog nooit gebeurd, dat zo'n sjieke juffer zich om hem bekommerd had. Ja, zij zou hem zeker willen helpen. Hij ging het haar meteen vragen. Met een bonzend hart sloop hij naar de deur. De knoestige planken kraakten onder zijn voeten; het huis kreunde en steunde bij elke stap. Met trillende vingers reikte hij naar de klink en een seconde later stond hij op de gang.

Op hetzelfde moment klonk er een akelig geknars en zwaaide de deur tegenover hem open. Een gestalte in een fladderend wit gewaad danste naar buiten, omringd door een krans van maanlicht.

Spriet deinsde achteruit. Hij wilde 'hellup!' roepen, maar er kwam slechts een gesmoorde kreet over zijn lippen. Als verlamd bleef hij op de drempel staan, wachtend tot de verschijning hem zou grijpen. Toen slaakte hij een zucht, want het was helemaal geen spook. Het was Mirabelle, in een wit nachthemd dat de herbergier haar had gegeven omdat hun koffers waren verdwenen. 'Juffrouw Mirabelle!' siste hij. 'Ik moet u spreken!'

Het meisje leek hem niet te horen. Onverstoorbaar danste ze op blote voeten door de gang. Ze hield haar armen gekromd voor zich uit, alsof ze iemand vasthield. Haar ogen waren gesloten en er lag een gelukzalige glimlach om haar mond. Zwaaiend en draaiend danste ze naar de wenteltrap, en zette een voet op de bovenste tree.

Ze slaapwandelt, dacht Spriet. Ik moet haar in de gaten houden, straks struikelt ze nog. Hij had weleens gehoord dat je slaapwandelaars niet wakker mocht maken. Daarom volgde hij haar zo zachtjes mogelijk en verstijfde bij elke krakende tree.

Onder aan de trap botste hij bijna tegen haar op, want Mirabelle was opeens blijven staan. Ze hield haar hoofd schuin, alsof ze naar iets luisterde. Spriet spitste zijn oren, maar hij hoorde slechts het fluiten van de wind. Even vreesde hij dat ze hier de hele nacht zouden blijven, maar toen kwam Mirabelle weer in beweging.

Beneden was het aardedonker; de luiken waren gesloten en nergens brandde een lamp. Desondanks danste Mirabelle

zonder iets te raken tussen de tafeltjes in de gelagkamer door.

Spriet liep voorzichtig achter haar aan. Toen stootte hij zijn rechterbeen keihard tegen een tafelpoot. Hij maakte een dansje van de pijn en klemde zijn kaken op elkaar om niet te schreeuwen. Terwijl hij op zijn ene been hinkte, wreef hij met zijn hand over het andere.

Mirabelle wervelde in volle vaart op de buitendeur af. Spriet kon zich niet langer inhouden. Hij rende naar haar toe en riep: 'Juffrouw Mirabelle! Kijk uit, de deur zit op sl...'

De jongen zweeg abrupt.

Op het moment dat Mirabelle met een klap tegen de deur had moeten smakken, gebeurde er iets wonderlijks. Toen haar elleboog de deur raakte, verschenen er in het hout kringen die steeds groter werden, zoals wanneer je een steentje in het water gooit. De massieve deur leek vloeibaar te zijn geworden. Eerst verdween Mirabelles elleboog erdoorheen, vervolgens haar schouder en toen haar hoofd. In een oogwenk was ze verdwenen.

Spriet knipperde met zijn ogen. Dit was onmogelijk! En toch was het gebeurd, vlak voor zijn neus. De jongen dook op de deur af, maar hij was net te laat. De laatste rimpeling was verdwenen en het hout was weer even ondoordringbaar als voorheen. Door de enorme dreun schoot hij naar achteren, waar hij een paar tellen versuft bleef liggen. Toen hij weer overeind kwam, keek hij achter zich en spitste zijn oren. Het bleef stil. Voorzichtig schoof hij de grendels van de deur weg en maakte alle kettingen los. De loodzware balk viel bijna op zijn tenen, maar het lukte hem het gevaarte zachtjes op de grond te leggen. Met luide klikken draaide hij driemaal de sleutel om in het slot. Piepend ging de deur open.

Spriet stapte de kille nachtlucht in en keek om zich heen. Hij zag een dansende gedaante tussen mistflarden die leken op wapperende hemden aan een waslijn. Huiverend van de zenuwen en de kou sloop hij erachteraan. Zijn ogen werden groot toen het meisje opeens een meter boven de grond zweefde. En ze werden nog groter toen ze, met haar voeten nog steeds in de lucht, begon rond te draaien. Alsof iemand haar had opgetild. Maar hoe hij ook tuurde, er was verder geen mens te zien.

Hoewel Spriet het liefst rechtsomkeert had gemaakt, bleven zijn benen haar volgen. Soms onttrok de mist haar aan het zicht, alsof ze toch een spook was geweest. Even later verscheen ze dan weer, een heel eind bij hem vandaan, en moest hij rennen om haar bij te houden. Af en toe raakten haar voeten de grond, maar het duurde nooit lang voordat ze weer omhoog werd gezwaaid door onzichtbare handen.

Spriet keek achter zich; de herberg was volledig opgelost in de mist. Hij vroeg zich af of hij het gebouw ooit nog terug zou vinden. Toen richtte hij zijn blik weer op Mirabelle, die inmiddels een heel stuk verder was. Waar gaat ze toch naartoe, dacht hij terwijl hij zijn pas versnelde.

Niet veel later doemde er achter de mistflarden iets donkers op, dat zich hoog boven hem verhief. Het lijkt wel een kasteel, dacht hij, met spitse torens en kantelen. 'Nee, het is geen kasteel…' fluisterde hij, 'het is een woud! Een reusachtig woud, met bomen die tot in de hemel reiken.' Hij bleef staan. Het was gekkenwerk om dit woud binnen te gaan. Ze zouden erin verdwalen en een weerloze prooi zijn voor de Zwarte Jager.

Intussen had Mirabelle bijna de rand van het woud bereikt.

Nog even en hij zou haar uit het oog verliezen. Ik móét haar tegenhouden, dacht Spriet benauwd. Maar hoe? Hij zette zijn handen aan zijn mond en begon zo hard als hij kon te roepen. 'Juffrouw Mirabelle! Word wakker! Juffrouw Mirabelle, luister dan toch! U bent in groot gevaar! Het woud! U moet niet het woud ingaan! Juffrouw Mirabelle!!'

Mirabelle droeg alleen een nachthemd, maar de kou kon haar niet deren. Met gesloten ogen liet ze zich in de armen van de rover meevoeren. Hij deed haar zwieren en zweven alsof ze een veertje was. Soms tilde hij haar de lucht in, dan weer draaide hij haar in de rondte tot ze er duizelig van werd. Steeds verder weg dansten ze van de herberg.

Ze opende haar ogen en zag uit de nevel een groot kasteel oprijzen, omringd door een brede slotgracht. Zoiets enorms had ze nog nooit gezien. De burcht was mijlenbreed en zo hoog dat ze de top niet kon zien. Hij had talloze torens en op elke toren wapperde een zwarte vlag. Ze keek verbaasd naar de rover. 'Gaan we daarheen?' Hij knikte haar zwijgend toe. 'Is het een… roversburcht?' Weer knikte de rover en ditmaal gooide hij haar zo hoog de lucht in dat ze leek te vliegen. Moeiteloos ving hij haar vervolgens weer op in zijn sterke armen.

Toen ze de slotgracht bereikten, ging de ophaalbrug van het kasteel omlaag. Erachter werd een grote poort zichtbaar. Ze dansten de brug over en langzaam gingen de poortdeuren open…

Plotseling hoorde ze iemand roepen. 'Juffrouw Mirabelle!!'

De muziek ging sneller en sneller. De fluittonen werden schril en deden pijn aan haar oren. De poort ging met een klap dicht en het kasteel verdampte in de mist. Het gebeurde allemaal zo snel dat ze met haar ogen knipperde.

De rover zette Mirabelle voorzichtig op de grond en liet haar los. Hij deed een stap naar achteren, boog beleefd, en maakte een sierlijke zwaai met zijn hoed. Zijn gestalte begon langzaam te vervagen. Het laatste dat ze van hem zag, waren zijn kaplaarzen.

4
TOVERIJ?

Mirabelle wreef in haar ogen en rekte zich uit. Het was alsof ze nu pas echt wakker werd. De kou trok vanuit de grond in haar voeten en kroop omhoog door haar lichaam. Ze rilde en sloeg haar armen om zich heen.

Wat deed ze hierbuiten, midden in de nacht?

'Juffrouw Mirabelle!'

Zigzaggend door de nevelslierten rende Spriet naar haar toe.

'Wat doe jíj hier?' vroeg Mirabelle verbaasd.

'Ik ben u gevolgd,' hijgde de jongen.

'Mij gevolgd?'

Spriet knikte en haalde diep adem. 'Vanaf de herberg. U slaapwandelde. Nou ja, slaapdánste.'

'Dansen? Ik? In het holst van de nacht?'

'Ja. U had uw ogen dicht, toch liep u nergens tegenaan. En u ging zomaar door de dichte deur heen.'

'Door een dichte deur?' Mirabelle keek hem bezorgd aan. 'Weet je zeker dat je dat allemaal echt hebt gezien? Je bent gisteren nogal geschrokken, Spriet, misschien...'

'Ik zie ze heus niet vliegen, hoor!' onderbrak hij haar. 'Hoe komt u anders hier terecht?'

'Vreemd is het wel,' gaf Mirabelle toe. 'Dus ik was aan het dansen?'

Spriet knikte opnieuw. 'En het leek net alsof u... alsof u mét iemand danste. U vloog en draaide rondjes. Met uw voeten in de lucht!'

Mirabelle hapte naar adem. Opeens kwam het allemaal terug. De wonderlijke muziek, de ruige rover, zijn uitgestoken hand, het kasteel... Ze keek om zich heen en zag dat ze aan de rand van een groot woud stonden. 'Waar is het kasteel gebleven?'

'Er is geen kasteel,' zei Spriet. 'Dat dacht ik eerst ook even, maar dat is het woud. Vanuit de verte lijkt het er een beetje op.'

Het meisje schudde haar hoofd. 'Het was een heus kasteel, Spriet. Het had torens en een ophaalbrug en...' Had ze echt geslaapwandeld? Maar hoe zat het dan met die dichte deur? Dat kon toch niet? Misschien had Spriet ook gedroomd. Ze keek hem recht in de ogen. 'Die muziek... heb jij die ook gehoord? Het begon in de herberg.'

Spriet schudde zijn hoofd. 'Nee, ik hoorde alleen de wind huilen om het huis en gejammer. Dat vond ik al akelig genoeg. Volgens mij spookt het daar, juffrouw Mirabelle!'

'Dat gejammer was de vrouw van de herbergier,' stelde ze hem gerust. 'Ze ligt op bed omdat ze ziek is.'

'Zou dat het zijn?' Spriet klonk niet overtuigd. 'Hierbuiten is het in elk geval ook niet pluis. Hoe kon u anders zomaar in de lucht zweven? En denken dat u een kasteel zag?'

'Maar ik zweefde niet echt,' zei Mirabelle, en ze vertelde hem over de rover die haar had opgetild.

'Ik heb geen rover gezien, dat weet ik heel zeker.'

'Misschien zag je hem niet vanwege de mist?'

'Ik heb helemaal niemand gezien. Alleen dit woud, en toen u ernaar-toe begon te dansen, heb ik u geroepen.'

Mirabelle tuurde naar de dicht opeen staande bomen. Wat zou er zijn gebeurd als Spriet haar niet had gewaarschuwd? Het woud zag er mysterieus uit, alsof het wemelde van de geheimen.

'Wat voor muziek hoorde u eigenlijk?' wilde Spriet weten.

Het duurde even voordat Mirabelle antwoord gaf. 'Wonderlijke fluit-muziek,' zei ze toen. 'Het klonk betoverend...'

'Betoverend? Ik heb anders geen fluit gehoord.' Spriet keek huiverend naar het donkere woud. 'Zullen we dan maar weer teruggaan, juf-frouw Mirabelle?' Hij draaide zich om, maar het meisje bleef staan.

'Betoverend... dat is het!' riep ze.

'Huh?'

'Denk na, Spriet! Je hebt gezien hoe ik door een dichte deur danste, dat ik door de lucht zweefde. En ik zag een rover die er niet was, een kasteel dat een woud is… Dat kan alleen als er magie in het spel is!'

'Magie? Toverij bedoelt u?'

Mirabelle knikte peinzend. 'Eerst dacht ik dat hier rovers achter zaten, maar nu ben ik daar niet meer zo zeker van.' Ze keek Spriet enthousiast aan. 'Misschien is de Zwarte Jager wel een tovenaar!'

'Zwarte Jager?' De jongen keek alsof ze hem een klap had gegeven. 'Hoe weet u…?' Hij sloeg een hand voor zijn mond.

'Jij hebt zijn naam genoemd. Gisteren, in de herberg. Je was verstijfd van angst. Wat weet je van hem?'

Spriet zuchtte diep. Toen vertelde hij hortend en stotend wat hij van Ischias had gehoord. 'En daarom kunnen we beter meteen teruggaan, juffrouw Mirabelle,' besloot hij zijn verhaal. 'Voordat hij ons op het spoor k-komt…'

'En wat wou je in de herberg doen? Wachten tot de Zwarte Jager je uit je bed komt halen?'

'Tis anders een hele dikke deur hoor,' zei Spriet. 'Als we alle grendels en zo dichtschuiven, de sleutel driemaal omdraaien en de balk ervoor doen, kan-ie vast niet naar binnen.'

Mirabelle zette haar handen in haar zij. 'En dan?'

'Nou, dan eh… dan wachten we gewoon tot-ie vanzelf weer weggaat,' voegde hij er zwakjes aan toe.

'En je baas?' vroeg Mirabelle. 'Jij wilt Ischias toch ook redden? Luister Spriet, de Zwarte Jager gaat niet vanzelf weg. Dus moeten wij in actie komen.' Zonder op een antwoord te wachten, begon ze te lopen.

Spriet staarde haar na tot ze een eindje bij hem vandaan was. 'Wacht!' riep hij toen. 'Wacht alstublieft. Ik ga met u mee, juffrouw Mirabelle! Maar we gaan niet dat griezelige woud in, hè?'

'Nog niet. We gaan eerst sporen zoeken.'

Spriet keek haar vragend aan. 'Sporen?'

'Van de koets en van je baas. En misschien vinden we iets wat ons naar de Zwarte Jager leidt.'

Spriet huiverde. 'Kunnen we niet beter wachten tot de mist helemaal verdwenen is? Morgen zien we alles vast stukken beter. Bovendien is het hier een beetje k-koud.'

'Morgen is het misschien te laat. Als het gaat regenen, zijn die sporen weg.' Ze begon de modderige bodem af te speuren.

Spriet volgde haar voorbeeld. Zo nu en dan keek hij op om te zien of ze nog steeds alleen waren.

Na een tijdje richtte Mirabelle zich op en keek hem aan met twinkelende ogen. 'Het lijkt wel of er hier over alles een schaduw hangt.'

'Een schaduw, juffrouw Mirabelle?' Spriet keek alle kanten op, maar nergens zag hij iets wat op een schaduw leek.

'Niet een zichtbare schaduw, Spriet, maar eentje die je kunt vóélen.' Ze zweeg even en zei toen met een heerlijke huivering: 'Een schaduw van doem.'

'Doem?' herhaalde Spriet. 'Huu, 't lijkt wel of u het leuk vindt!'

Mirabelle zuchtte. 'Weet jij hoe het is om elke dag binnen te moeten zitten?'

Spriet schudde het hoofd. Het leek hem geweldig, maar zeker wist hij het niet. Hij was immers de hele dag buiten aan het werk - paarden voeren en borstelen, de koets schoonmaken, koffers van passagiers helpen sjouwen en boven op de koets vastmaken, en nog veel meer. Pas 's avonds laat ging hij naar binnen om te slapen. Als ze onderweg waren - en dat waren ze meestal - sliep hij ergens in een stal. Vlak naast de paarden in het stro.

'Het is verschrikkelijk,' zei Mirabelle. 'Ik mocht nooit eens iets. De hele tijd maar sommen maken en opstellen, terwijl de gouvernante vlak naast me zat te soezen. Franse woorden leren, langdradige Latijnse heldendichten in m'n kop stampen, Duitse dictees waar ik dol van werd...'

Spriet knikte, al begreep hij er niet veel van.

'Soms, als ze in slaap was gevallen, ontsnapte ik wel eens.' Mirabelle grijnsde. 'Dan klom ik het raam uit en verstopte me in het bos. Duurde het tijden voor ze me weer gevonden hadden.'

'Wat deed u daar dan?' vroeg Spriet nieuwsgierig. 'In het bos?'

Mirabelle kleurde een beetje en keek weer naar de grond, alsof ze verder ging met speuren. 'Dan deed ik alsof ik een rover was. Die reizigers besloop, om ze geld en goed afhandig te maken.' Ze keek hem weer aan. 'Maar nu gebeurt er eindelijk eens iets! Iets échts! Snap je?'

'Uh-huh,' deed Spriet.

'Daarom wil ik pas weg als ik achter het geheim van de Zwarte Jager ben. Nou, laten we maar gauw verder zoeken.'

Toen ze een halfuur hadden gespeurd, zei Spriet: 'Juffrouw Mirabelle?'

'Wat is er? Heb je al wat gevonden?'

Hij schudde zijn hoofd. 'Nee, ik wilde u eigenlijk wat vragen.'

Mirabelle keek verbaasd op. 'O, wat dan?'

'Nou...' begon Spriet aarzelend. 'Stel dat we m'n baas niet meer terugvinden...' Hij werd rood. 'Zou ik dan met u mee mogen?'

'Ik weet niet of dat kan, Spriet. Van mij mag het, maar of meester Mandus het goed vindt...'

'Maar dan word ik toch úw bediende, juffrouw Mirabelle! Ik kan van alles - boodschappen doen, schoenen poetsen, een eitje koken, hout hakken, het haardvuur aanmaken...'

'Dat geloof ik graag, Spriet, maar voorlopig heb ik geen bediende nodig. Eerst moet ik naar een instituut, waar ze me manieren en zo gaan leren. Als ik dan fijn genoeg ben, moet ik trouwen, en dan moet ik de rest van mijn leven een deftige dame zijn in een deftig huis.'

'Maar da's toch geweldig!' riep Spriet uit. 'In een mooi huis met allemaal bediendes en mooie spullen, en de hele dag hoeft u dan niks te doen!'

Mirabelle zuchtte. 'Deftige dames klimmen niet in bomen, Spriet. En rovers? Daar mogen ze alleen nog van dromen.' Ze balde haar vuisten. 'Maar ik wíl helemaal geen deftige dame zijn! Dan word ik nog liever ontvoerd door de Zwarte Jager!'

'Ssst!' deed Spriet. 'Straks hoort-ie ons nog!'

Mirabelle keek hem aan en de boosheid stroomde uit haar weg. 'Ik begrijp dat je je zorgen maakt, Spriet. Maar kun je dan niet teruggaan naar huis, naar je vader en moeder?'

'Die heb ik niet meer, juffrouw Mirabelle. Ik ben wees. Ze zijn al heel lang geleden gestorven, ik heb ze nooit gekend.'

'Ik ben ook wees,' zei Mirabelle zacht. 'Wel eentje met veel geld, maar toch... Meester Mandus is mijn voogd.'

'Voogd? Wat is dat, een voogd?'

'Iemand die voor je moet zorgen als je geen vader en moeder meer hebt,' legde Mirabelle uit. 'Tot je volwassen bent.' Ze zuchtte opnieuw. 'Daarom wil hij me zo graag naar dat instituut hebben, denk ik, dan is hij van me af.'

Ze zeiden even niets, allebei alleen met hun eigen gedachten.

'Heb jij nog wat gevonden?' vroeg Mirabelle toen.

'Alleen afdrukken van mijn laarzen en uw blote voeten. En u?'

'Hetzelfde,' zei ze. 'Laten we maar weer teruggaan.'

'Daar!' riep Spriet opgelucht. Hij wees. 'We zijn er al!'

Vlak voor hen rezen de omtrekken van De Vrolijke Papegaai op uit de steeds ijler wordende mistflarden.

'Hopelijk hebben ze de deur niet op slot gedaan,' zei Spriet. 'Anders zijn we buitengesloten.'

Daar hoefden ze niet bang voor te zijn, de deur was nog open.

Mirabelle zette het op een rennen. 'Gauw naar binnen!' siste ze. 'Voordat ze ontdekken dat we…' Ze zweeg, want in de deuropening stond meester Mandus. En hij verkeerde duidelijk niet in een goede stemming.

'Dansen door een dichte deur? Zweven door de lucht? Een kasteel dat in een woud verandert? Een rover die oplost in het niets? Betoverend gefluit?' Meester Mandus werd met elk woord roder. 'Kullaria!!'

Zodra ze binnen waren, had de herbergier de deur meteen weer op slot gedaan. Struikelend over haar woorden had Mirabelle verteld wat er allemaal gebeurd was. Maar meester Mandus leek niet onder de indruk.

Spriet stond er bedremmeld bij en de herbergier zat met bange blik op de rand van een tafeltje.

'Maar het is écht zo!' zei Mirabelle verontwaardigd. 'Spriet heeft met z'n eigen ogen gezien dat ik…'

'Spriet!' schamperde haar voogd. Driftig beende hij heen en weer. 'De jongen ijlt. Koortsdromen, dát zijn het en anders niet!'

'Maar…' begon Mirabelle weer.

'Ik wil er geen woord meer over horen! Eerst zie je achter elke struik een rover en nu is het weer toverij. Straks hebben de kaboutertjes het gedaan.' Hij keek naar de herbergier. 'De mist is bijna verdwenen. Morgenochtend bestelt u een nieuwe koets voor ons.'

De herbergier schrok overeind.

'Ja meheer, ik zal m'n best doen!'

'Het is de hoogste tijd dat je naar het instituut gaat, Mirabelle, voordat je compleet verwildert.'

Mirabelle keek stuurs voor zich uit.

'En mijn baas dan?' vroeg Spriet kleintjes.

Meester Mandus wuifde het probleem weg. 'Zoals ik gisteren al zei, dat is een taak voor de politie. Ik heb wel wat anders aan mijn hoofd.' Hij gebaarde naar de trap. 'Naar je kamer, Mirabelle!'

Met hangende schouders slofte ze naar de trap. Ze zette haar voet op de eerste trede, rechtte toen haar rug en draaide zich om. 'Er is nog één ding, meester Mandus. Iets heel belangrijks.'

'En dat is?' vroeg hij, ongeduldig aan zijn sikje plukkend.

'De Zwarte Jager...'

Er klonk een kreet en toen een zware bons. De herbergier was van zijn tafeltje gegleden. 'Neem me niet kwalijk, meheer,' mompelde hij, terwijl hij overeind krabbelde. 'Ik was even ingedut.'

'Wat is er zo belangrijk dat het niet tot morgen kan wachten, Mirabelle?'

'Er is écht een Zwarte Jager, meester Mandus. Hij rijdt op een zwart paard en hij draagt een beulskap. En hij heeft een groot zwaard. De baas van Spriet heeft hem erover verteld. Dat-ie uit het niets verschijnt en op slag weer verdwijnt, en... dat hij op mensen jaagt!'

'Ha! Met een toverfluit zeker. Net als de rattenvanger van eh dinges.'

Mirabelle sperde haar ogen wijd open. 'Een toverfluit! Maar dat is het!! Dat ik daar niet eerder aan heb gedacht!'

'Kullaria! Er ís geen Zwarte Jager en toverij bestaat alleen in sprookjes. Naar bed, Mirabelle, wij vertrekken morgenvroeg.'

Boos sjokte ze de trap op. Waarom geloofde meester Mandus haar nou nooit eens? Nu gingen ze weg zonder dat ze alle raadsels had kunnen oplossen. Naar dat stomme instituut! Kon ze maar iets verzinnen waardoor ze nog even konden blijven. Ze dacht diep na, maar er schoot haar niets te binnen. Al piekerend viel ze in slaap.

5
EEN RIT VAN NIKS

Meester Mandus schrok wakker. Hij had muziek gehoord, vreemde fluitmuziek die steeds luider werd tot hij er niet meer doorheen had kunnen slapen. Een droom, dacht hij toen hij overeind kwam. Natuurlijk vanwege Mirabelle en haar kullaria over een toverfluit. Pha!

Maar hij hoorde de muziek nog steeds. Ergens stond iemand op een fluit te blazen, en dat midden in de nacht!

Ontstemd zwaaide hij zijn voeten op de koude vloer en graaide naar het nachtkastje, waar zijn knijpbril lag. Hij zou die brutale figuur eens een toontje lager laten fluiten!

Plotseling voelde hij dat hij niet alleen was.

'Wie... wie is daar?' vroeg hij zacht.

Meester Mandus vond de bril, zette hem op en knipperde met zijn ogen. Bij het ochtendlicht dat door het dunne gordijn scheen, zag hij een bekende gestalte. Ischias. De koetsier stond midden in de kamer. Hij zag wit als een doek en staarde met een lege blik voor zich uit.

'Voerman!' Meester Mandus ging rechtop zitten en keek op zijn horloge. Het was vijf uur in de ochtend. 'Wat doe je in mijn kamer? En waar ben je de hele nacht geweest? Je was zomaar verdwenen.'

Ischias draaide zich naar hem toe en opende zijn mond, maar er kwam geen geluid over zijn lippen.

Het heertje keek afkeurend. 'Zeker ergens blijven hangen, hm? Zo te zien in de plaatselijke kroeg. Fraai is dat. Ik hoop voor jou dat al onze spullen zich nog in de koets bevinden, anders kun je fluiten naar je geld!'

De koetsier leek zich opeens iets te herinneren. Hij gebaarde naar de deur en toen naar meester Mandus.

'Wat wil je? Moet ik met je mee?'

Ischias knikte.

'Ben je je stem verloren?'

De koetsier gaf geen antwoord, maar liep naar de deur en wenkte opnieuw.

'Is het belangrijk?'

Weer een knik.

'Zo belangrijk dat ik er op dit onzalige uur voor uit mijn bed moet?'

Een heleboel knikken achter elkaar.

'Vooruit dan maar,' verzuchtte meester Mandus. Haastig trok hij zijn kleren aan en volgde Ischias naar beneden.

Bij de voordeur bleef de koetsier staan. Meester Mandus staarde er ongelovig naar. Alle grendels zaten nog op hun plaats, en de kettingen en de zware balk hingen er nog voor. Precies zoals de herbergier alles de afgelopen nacht had achtergelaten.

'Maar die deur zit nog op slot!' Verbluft keek hij naar Ischias. 'Hoe ben je dan binnengekomen? Is er een achterdeur, een luik in de vloer?'

Op dat moment zwol de wonderlijke fluitmuziek weer aan en vlijde zich over hem als een warme mantel. Alle vragen verdwenen als bij toverslag uit zijn hoofd en het volgende moment stond hij buiten.

Vlak voor hem wachtte de koets. Op de bok zat een kleine, gebogen gestalte. De twee paarden briesten. Ze bewogen hun hoofden ongeduldig heen en weer, en schraapten met hun hoeven over de grond. Hun adem steeg in wolkjes op in de kille lucht. Ischias opende zwijgend het portier en meester Mandus stapte in. Op de bank tegenover hem, half verscholen in het duistere binnenste van het rijtuig, zat... Mirabelle.

Ze waren al een tijdje onderweg en reden inmiddels door een dichtbegroeid woud. De voorbijzoevende bomen maakten meester Mandus draaierig en daarom keek hij naar Mirabelle. Als een schim zat ze tegenover hem in een hoek. Sinds hun vertrek had ze geen enkel woord gesproken.

'Slaap je?'

Geen reactie.

Meester Mandus keek op zijn horloge en klapte het dicht. 'Ik hoop dat de koetsier er vaart achter zet. Ik heb het instituut niet kunnen berichten. Ze vragen zich natuurlijk af waar we blijven.'

Mirabelle zei niets.

'Ik weet dat je ertegen opziet, Mirabelle, maar het is voor je eigen bestwil.' Vaderlijk boog hij zich naar haar toe. 'Op dat instituut leer je allerlei nuttige dingen, zodat je een goede huisvrouw wordt. *En...*' vervolgde hij, met zijn wijsvinger zwaaiend, 'een goede echtgenoot aan de haak kunt slaan. Borduren, breien, bloemschikken... Da's beter dan al die larie over rovers, zwarte jagers en toverfluiten!'

Hij leunde achterover en zette zich schrap voor een felle reactie. Vreemd genoeg gebeurde er niets. Mirabelle bleef onbeweeglijk zitten. Hád ze wel iets gehoord, sliep ze misschien echt? Op dat moment drong de muziek weer tot hem door. De ijle tonen kwamen van ergens vóór hen. Van de bok!

Daar zat vast dat scharminkelige knechtje achter.

'Hoor je dat, Mirabelle?' sprak hij triomfantelijk. 'Dát is je toverfluit! Die Sprot eh Spriet heeft je beetgenomen. Terwijl je niet keek, heeft dat fraaie vriendje van jou op z'n fluit staan blazen. Dat hele zweefverhaal heeft hij uit z'n duim gezogen en dat van die dichte deur natuurlijk ook. Jouw verhitte fantasie deed de rest,' besloot hij. 'Zo zie je maar, overal is een logische verklaring voor!'

De koets kwam met een schok tot stilstand.

'Waarom zijn we gestopt? We kunnen er nog lang niet zijn.' Verwonderd stak meester Mandus zijn hoofd uit het raam en keek om zich heen. Bomen, bomen en nog eens bomen, zover hij kon zien. 'Zeg eens, voerman! Ik betaal je niet om stil te staan!'

Er kwam geen antwoord.

Hij gaf een paar klappen tegen het dak. 'Hela! Ben je soms hardhorend?!'

Het bleef stil op de bok. De fluitmuziek stierf langzaam weg.

Boos stapte meester Mandus uit. 'Wacht hier, Mirabelle. Ik ga een hartig woordje met dat heerschap wisselen!'

Hij klom uit de koets en beende naar de bok, waar Ischias met een bleek gelaat voor zich uit staarde. De jongen zat er als een schaduw naast. Ze bewogen geen van beiden.

Meester Mandus vergat op slag wat hij had willen zeggen. Zijn blik dwaalde als vanzelf naar de twee paarden. De dieren waren al net zo verstijfd als de figuren op de bok - een hoef was een eindje boven de grond blijven hangen, een achterbeen bleef opgetild, en hun adem hing als een bevroren wolkje boven hun wijd geopende neusgaten.

'Hier móét een verklaring voor zijn,' prevelde hij. 'Maar welke?' Hij liep snel naar Mirabelle. 'Uitstappen, jongedame! We gaan onmiddellijk terug naar de herberg. Die ellendige voerman weigert...'

Hij maakte zijn zin niet af en tuurde verbijsterd naar Mirabelle. Ze begon te vervagen. Met elke seconde leek er minder van haar over te zijn, tot haar gedaante ten slotte helemaal verdwenen was. Hij rukte het portier open en betastte ongelovig de plek waar ze zojuist nog had gezeten. Niets. De zitting voelde niet eens warm aan. Integendeel, het leer was zo koud als een grafsteen rond middernacht.

Haastig trok hij zijn hoofd terug uit de koets. 'Voerman, wat heeft dit te betekenen?'

Ischias leek te ontwaken uit zijn verstarring en gaf een korte ruk aan de leidsels. De koets zette zich in beweging.

'Wacht!' riep meester Mandus. 'Kom terug!' Half struikelend holde hij achter het voertuig aan.

Op dat moment gebeurde er iets waarvoor het heertje nooit een verklaring zou kunnen bedenken, laat staan een logische. Terwijl de koets vooruit schoot, begonnen eerst de paarden te verdwijnen. Als rook kringelden de dieren de lucht in, gevolgd door de voerman en zijn knechtje. Het rijtuig ging nog een eindje alleen verder, als een kip zonder kop, en werd toen ook omhooggezogen in een woeste werveling.

Ongelovig staarde meester Mandus naar de plek waar de koets daarnet nog had gereden. Nergens was een spoor van wielen of paardenhoeven te bekennen. Hij zag alleen de afdrukken van zijn eigen voetstappen, tot aan de plek waar hij uit de koets was gestapt.

Tijd om van zijn verbazing te bekomen, kreeg hij niet. Achter hem klonk hoefgetrappel. Hij draaide zich om en keek tegen twee paardenbenen aan. Hoe had die ruiter dat zo snel gedaan? En zo geruisloos? Langzaam ging zijn blik omhoog en zijn mond viel open.

Daar zat, op een gitzwarte hengst, de Zwarte Jager.

Het leek wel een standbeeld dat boven hem torende, donker en verschrikkelijk tegen de grauwe lucht. Twee paar ogen keken kil op hem neer door de spleetjes in de beulskap. De wind tilde de mantel een eindje op, waardoor een glimmend zwaard zichtbaar werd.

De Zwarte Jager legde een zwart gehandschoende hand op het gevest en trok langzaam zijn wapen. Het metaal zong dreigend door de lucht. De gruwelijke gedaante boog zich voorover en bracht het zwaard tot vlak bij de hals van het van schrik verlamde heertje.

6
GRISELDA

Mirabelle werd wakker uit een onrustige slaap. Ze had gedroomd dat zij en meester Mandus weer in de koets hadden gezeten, en dat ze midden in een woud gestopt waren. Haar voogd was uitgestapt, maar ze kon zich niet herinneren wat er daarna was gebeurd. Dwars erdoorheen had ze een gesmoorde kreet gehoord. Had ze dat ook gedroomd?

'Griselda!' riep een vrouw.

Mirabelle sprong uit bed en sloop naar de deur. Ze legde haar oor tegen het hout en luisterde.

'Kindje, waar bén je toch!'

Zo zacht als ze kon, opende Mirabelle haar deur en stak haar hoofd om de hoek. Onder een deur aan het andere eind van de gang zag ze een streep flakkerend kaarslicht.

'Griselda!' riep de vrouw weer.

Een mannenstem maakte sussende geluiden.

Dat moest de vrouw van de herbergier zijn, maar wie was Griselda?

Mirabelle trippelde naar de deur waar het kaarslicht onder vandaan kwam. Op een afstandje bleef ze staan en keek om zich heen. Als er nu iemand de gang op komt, ben ik erbij. Ze haalde haar schouders op. Ach, dan doe ik toch gewoon of ik slaapwandel?

Opnieuw klonk er gejammer, maar het kwam van achter een heel andere deur, niet deze. Meester Mandus en Spriet lagen hier ook niet. Waarom brandde er dan licht? Met ingehouden adem duwde ze de klink omlaag. De deur opende geruisloos.

Mirabelle keek haar ogen uit. De kamer baadde in kaarslicht. Er waren grote en kleine kaarsen, brede en smalle, eenvoudige kaarsen en rijk versierde. Sommige kaarsen waren half opgebrand, andere waren gloednieuw. In het midden van de kamer stond een ledikant. Het bed was keurig opgemaakt, alsof het wachtte op een gast. Op de gesteven lakens lagen een nachthemd met een kanten biesje en een mutsje.

Gek hoor, dacht Mirabelle, je kunt hier zo terecht. Waarom zei de herbergier dan dat hij niet genoeg kamers had? Ze pakte het mutsje, zette het op en duwde haar lange haar eronder. Met een glimlach bekeek ze zichzelf in een spiegel die aan de muur hing.

Toen viel haar blik op een dressoir. Er stond een portret op met links en rechts ervan een grote kaars. Ervoor lagen een afgeknipte zwarte vlecht met een roze lint erom en een eenvoudige houten fluit. Ze liep erheen, pakte de fluit en blies er zacht een paar noten op terwijl ze het portret bekeek. Het was een meisje met lang zwart haar en dromerige blauwe ogen.

Ze legde de fluit terug en pakte het lijstje beet. 'Wie zou dat zijn?' vroeg ze zich hardop af.

Met een bons sloeg achter haar de deur open. 'Griselda!!'

Mirabelle draaide zich om en liet het portret vallen.

Bij de deur stond een gedaante in een versleten zwarte japon met een hoge kraag. Het gezicht ging schuil achter een grijze voile. Twee in rafelige, kanten handschoenen gestoken handen strekten zich naar haar uit. Ritselend en ruisend schuifelde de gestalte naderbij.

'Griselda, je bent weer terug!' sprak de verschijning met ijle stem. 'Na al die jaren waarin ik op je gewacht heb!'

Mirabelle deed een stapje achteruit, maar het dressoir versperde haar de weg. 'Wie bent u?'

'Maar kind, weet je dat niet meer? Ik ben je moeder!'

'Het spijt me, mevrouw, maar ik ben Griselda niet. Ik heet Mirabelle.'

De vrouw stond nu vlak voor haar. 'Griselda,' prevelde ze. 'Wat heeft hij met je gedaan dat je je eigen naam niet meer weet?'

Mirabelle drukte zich tegen het dressoir aan. 'Wie?'

'De Zwarte Jager natuurlijk!' De vrouw tilde haar voile op. 'Kom, laat me je eens goed bekijken…'

Mirabelle verstijfde. De ogen van de vrouw leken twee zwarte knopen die in spierwit deeg waren geduwd.

De vrouw bracht haar gezicht vlakbij, alsof ze niet goed kon zien. 'Je bent toch echt?' vroeg ze opeens achterdochtig. 'Of ben ik mijn verstand verloren door het vele verdriet?' Bevende handen gleden over Mirabelles gezicht. 'Ja, je bent het,' zei de vrouw met een glimlach. Langzaam trok ze het mutsje weg. 'Toon me je mooie, donkere haren, Griselda. Het is lang geleden dat ik ze zag. Zo heel erg vreselijk lang…'

Toen er geen zwarte maar blonde lokken onder het mutsje vandaan gleden, slaakte de vrouw een akelige gil. 'Je bént Griselda niet!!' Ze klauwde haar handen in Mirabelles schouders en schudde het meisje

door elkaar. 'Waar is ze? Zeg op, heks! Wat heb je met Griselda gedaan? Dacht je dat je zomaar haar plaats kon innemen?'

Mirabelle probeerde zich los te rukken, maar de oude vrouw was verbazend sterk. 'Ik... ben geen... heks!' bracht ze met moeite uit.

Opeens stond de herbergier naast hen. 'Laat de jongejuffer gaan, Marie,' zei hij sussend. 'Ze is geen heks.'

De vrouw liet haar schouders zakken en haar greep verslapte. 'Híj heeft haar gestuurd,' jammerde ze, 'om mij te kwellen...'

'Deze juffer heeft niks met hem te maken,' bromde de herbergier. 'Kom nou maar mee, Marie. Je moet rusten.' Hij sloeg een arm om de vrouw heen en voerde haar met zachte dwang de kamer uit.

Spriet, die met grote schrikogen in de deuropening stond, stapte haastig opzij om het tweetal door te laten.

'Rusten,' prevelde de vrouw toonloos. 'Ja, rusten moet ik. Voor als ze weer terugkomt, mijn Griselda... Dan zal ik dansen, dansen met linten aan mijn rok... Dansen tot ik niet meer kan...'

Spriet kwam bij Mirabelle staan, tikte tegen zijn hoofd en fluisterde: 'Die is niet goed snik.' Hij keek om zich heen. 'Gevaarlijk trouwens, al die kaarsen. Zeker met een rieten dak. Voor je het weet staat de boel in lichterlaaie.'

Mirabelle leek hem niet gehoord te hebben. 'We kunnen hier niet weg, Spriet,' zei ze voor zich uit. 'De Zwarte Jager heeft niet alleen jouw baas ontvoerd, maar ook de dochter van de herbergier. En als niemand er wat aan doet, moeten wij het oplossen.'

'Wij?' vroeg Spriet ontzet.

'Ja, jij en ik.' Ze keek hem indringend aan. 'Of moet ik het alleen doen?'

'N-nee, natuurlijk niet!' protesteerde Spriet zwakjes.

Even later kwam de herbergier weer terug. 'Zo, ze ligt in bed. Ik heb haar een kalmerend drankje gegeven. Hopelijk blijft ze vannacht verder rustig. Mag ik vragen wat u hier deed, jongejuffer?'

'Ik was aan het slaapwandelen,' loog Mirabelle. 'Dat gebeurt wel vaker. En toen ik wakker werd, stond ik zomaar hier.'

'Nou ja, dan kunt u er niks aan doen.' Verontschuldigend haalde de man zijn schouders op. 'Het spijt me wat er gebeurd is, maar mijn vrouw is zichzelf niet meer sinds… sinds…'

'Sinds Griselda is verdwenen?' vulde Mirabelle aan.

De herbergier zuchtte. 'Inderdaad. Ze doet nauwelijks een oog dicht, waart als een schim door de herberg en brandt al deze kaarsen voor de veilige terugkeer van ons enig kind.'

'Waarom draagt ze die zwarte kleren?' kwam Spriet ertussen.

'Dat zijn rouwkleren,' zei Mirabelle. 'Toch?'

'Klopt als een zwerende vinger, mejuffer. Ze brandt kaarsen, maar tegelijk rouwt ze omdat Griselda verdwenen is. Ze heeft gezworen dat ze die kleren dag en nacht zal dragen, tot onze dochter weer terugkomt.'

'Griselda is ontvoerd door de Zwarte Jager, hè?' zei Mirabelle.

De herbergier verbleekte. 'Heeft ze u dat verteld?' Hij slikte. 'Ze weet niet wat ze zegt, mejuffer, ze is malende door al het verdriet.'

'Wat is er dán met Griselda gebeurd?' vroeg Mirabelle, terwijl ze de man met haar doordringende blik een hoek in dreef. 'En met de rest van het dorp. Waarom is iedereen vertrokken, behalve u?'

'Meheer de professor vindt het vast niet goed als ik u vertel over… over *hem*,' bracht de herbergier met moeite uit.

'U hoeft meester Mandus toch niet te zeggen dat u dat hebt gedaan?' fluisterde Mirabelle samenzweerderig. 'Ik zal het ook niet doen. Als u ons maar vertelt wat u weet, want Spriet en ik gaan op onderzoek uit.'

'Op onderzoek?' De herbergier keek hen aan of ze stapelgek waren geworden.

Mirabelle zette haar handen in de zij. 'Jazeker. Nietwaar, Spriet?'

'Euh ja, dat klopt,' zei Spriet.

'Vooruit dan maar,' verzuchtte de herbergier. Hij ging op het ledikant zitten dat kreunde onder zijn gewicht en haalde diep adem. 'Het gebeurde vijf jaar geleden.' Even keek hij Mirabelle aan. 'Griselda

moet inmiddels ongeveer zo oud zijn als u. Ze ging paddenstoelen plukken, voor de soep. Maar ze kwam niet meer terug. We hebben overal gezocht. Behalve natuurlijk in het Verboden Woud...' Hij zweeg abrupt.

Mirabelle keek hem nieuwsgierig aan. 'Het Verboden Woud?'

De herbergier schraapte zijn keel. 'Da's een eh oude legende. Het verhaal gaat dat er eeuwen geleden een enorm kasteel heeft gestaan op de plek waar nu het woud is. Het kasteel zou in brand zijn gevlogen en sindsdien waart de Zwarte Jager er rond. Niemand heeft ooit nog een voet in het woud gezet. Tot op de dag van vandaag...'

'Aha,' zei Mirabelle. 'Maar hoe weten ze dat hij daar rondspookt als sinds die brand niemand meer in het woud is geweest?'

'Er was een getuige,' begon de herbergier. 'Een lakei van de kasteelheer. De arme drommel heeft de hele geschiedenis in nauwelijks leesbare hanenpoten neergekalkt op dertig vellen perkament. Als dank hebben ze hem in het gekkenhuis gegooid en zijn aantekeningen verbrand.'

'Waarom?'

'Omdat het hele verhaal, voor zover ze het dan konden ontcijferen, te

fantastisch was om waar te zijn. Het ging over waanzin, toverij, gek-
kenpraat, dansen in het duister, mislukte bezweringen, magische voorwerpen uit verre landen. En… over de Zwarte Jager…'

Spriet keek hem fronsend aan. 'Maar hoe weet u dit allemaal als dat
perkament vernietigd is?'

De herbergier trok met zijn schouders. 'Mensen die het verhaal gele-
zen hadden, vertelden erover aan anderen en zo wist uiteindelijk het
hele dorp ervan. Na al die eeuwen kent niemand meer de precieze
details, maar de angst voor het woud zit er nog steeds goed in.'

'En daarom hebt u nooit in het Verboden Woud gezocht,' begreep
Mirabelle. 'Hoewel dat de enige plek is waar Griselda naartoe kan zijn
gegaan.'

'Inderdaad, mejuffer. We waren te bang. Ik was te bang. En toen kwamen daar ook nog eens die andere verdwijningen bij…'

'Andere verdwijningen?' herhaalde Mirabelle. Ze vernauwde haar
ogen tot spleetjes. 'Wie verdwenen er dan verder nog?'

'Mannen en vrouwen uit het dorp. Ze verdwenen 's nachts. Maar na
een tijdje - soms al na een paar dagen, soms pas na enkele weken -
kwamen ze ook weer allemaal terug.'

Mirabelle veerde overeind. 'En wat vertelden ze? Door wie ze ontvoerd waren? Waar de Zwarte Jager woont?'

De herbergier schudde zijn hoofd. 'Niets van dat alles. Ze wisten niks
meer van wat er gebeurd was. Ze wisten nauwelijks nog wie ze waren.
En ze waren stukken ouder geworden - ze keerden terug als wankele
grijsaards. Iedereen dacht natuurlijk aan de oude legende, aan de
Zwarte Jager. Toen hebben de mensen stuk voor stuk het dorp verlaten. Behalve wij. We hopen nog steeds dat Griselda terugkomt.
Ooit…'

'Waarom denkt ú dat de Zwarte Jager erachter zit?' wilde Mirabelle
weten.

'Sinds Griselda's verdwijning ben ik een paar keer naar het Verboden
Woud geweest,' bekende de herbergier. 'Ik durfde er niet in te gaan,

maar ik hoopte een glimp van haar op te vangen. Tevergeefs. Wel zag ik enkele keren, diep in het woud, een zwarte schim op een paard.' Hij liet zijn stem dalen en vervolgde onheilspellend: 'Voor mijn ogen verdwenen ruiter en rijdier in het niets, om op een heel andere plek weer op te duiken.'

'Maar dat is precies wat Ischias vertelde!' riep Spriet uit. 'En hij zei ook dat de Zwarte Jager op mensen jaagde, en...' Hij wilde nog verder gaan, maar besefte toen dat de herbergier erbij zat en sloeg zijn ogen neer. 'Neem me niet kwalijk, meneer,' mompelde hij.

'Waardoor is dat kasteel in brand gevlogen?' vroeg Mirabelle. 'Stond daarover niets in het verhaal van die lakei? Wie woonde er eigenlijk? En waar komt de Zwarte Jager vandaan?'

De herbergier stond op. 'Het spijt me, mejuffer, maar ik moet nu bij Marie gaan kijken.' Hij keek haar kort in de ogen. 'Als ik u was, bleef ik ver bij het woud vandaan. Marie wilde er gaan zoeken, maar ik vond het te gevaarlijk. Daarom heb ik d'r in huis opgesloten.'

'Opgesloten?! Bedoelt u dat ze nooit meer buiten komt? Maar dat is toch verschrikkelijk!' viel Mirabelle uit.

'Misschien wel,' zei de herbergier. 'Maar het was nog veel verschrikkelijker geweest als ik haar ook had moeten missen.' Vlak voordat hij de kamer verliet, draaide hij zich om. 'De mensen die terugkwamen, herinnerden zich één ding... Ze hadden muziek gehoord.'

'Wat voor muziek?' Mirabelle hield haar adem in.

'Fluitmuziek. *Betoverende* fluitmuziek.'

Mirabelle sprong op. 'Hoor je dat, Spriet! Precies wat ik heb gehoord! Dit vertellen we meteen aan meester Mandus, dan móét hij ons wel geloven!' Ze rende naar zijn kamer, maar de deur stond open en het bed was leeg. 'Meester Mandus?'

Ze doorzochten de hele herberg, maar het heertje was nergens te vinden.

De herbergier krabde zich op het hoofd. 'Ik snap d'r niks van. Alle ramen zijn dicht. En de voordeur zit op slot...'

'Dan gaan we er nu meteen naartoe,' zei Mirabelle vastbesloten.

'Waar naartoe?' vroegen Spriet en de herbergier tegelijk.

'Het Verboden Woud natuurlijk. Waar anders zou meester Mandus - én Ischias - heen zijn gegaan? Of liever gezegd... heen zijn *gelokt*.'

'Da's gekkenwerk,' zei de herbergier. 'Het Verboden Woud is zo groot dat je niet weet waar je moet beginnen met zoeken. En voordat u twee stappen in het woud hebt gezet, heeft de Zwarte Jager u al te pakken!'

In de ochtendkou stonden ze even later rillend op de stoep voor de herberg. Mirabelle in haar witte japonnetje met een mantel eroverheen en haar strooien hoedje schuin op haar ongeborstelde haren. Spriet droeg een te grote jas die hij van de herbergier had geleend, en een pet die telkens over zijn ogen zakte. Hij had de mouwen een stuk opgerold, zodat zijn handen er niet in verdwenen.

Achter hen klonk geschuif van grendels en geratel van kettingen.

'Ik geloof niet dat hij ons nog terugverwacht,' zei Spriet mismoedig. 'Die jas heeft-ie waarschijnlijk niet meer nodig.'

Mirabelle haalde haar schouders op en begon te lopen. 'Hij is gewoon bang.'

Knarsend werd de sleutel driemaal omgedraaid in het slot. Even later viel de balk met een zware bons op zijn plaats.

'En nu maar hopen dat de Zwarte Jager vandaag een vrije dag heeft,' zei Spriet tegen zichzelf. Met zijn handen diep in zijn zakken sjokte hij achter Mirabelle aan, die zich met kordate passen naar het Verboden Woud haastte.

7
DUISTERE ONTHULLINGEN

De Zwarte Jager had meester Mandus voor zich op zijn paard gezet, dat nu in een duizelingwekkend tempo door het dichtbegroeide woud galoppeerde. Takken scheerden rakelings langs de oren van de hobbelende gevangene, maar het lukte de ruiter wonderwel zich een weg te banen waar zijn passagier die in de verste verte niet kon zien.

Plotseling hield de Zwarte Jager halt.

Meester Mandus sloot zijn ogen en wachtte tot het draaierige gevoel in zijn hoofd en zijn maag was afgezakt. Toen hij weer keek, zag hij dat ze voor een onooglijke bouwval waren gestopt.

Brokkelig metselwerk en geblakerde kozijnen hielden elkaar in een wankel evenwicht. Veel meer dan een muur was het niet. In het midden ervan zat een grote, zwarte deur. Het was geen voordeur, maar een die je eerder binnenshuis zou verwachten. En hij was dicht.

Eén zuchtje wind en de boel stort als een kaartenhuis in elkaar, dacht meester Mandus. Toch staat het er nog en zo te zien al een behoorlijk lange tijd. Hoogst merkwaardig…

Een flinke duw deed hem met een klap op de grond belanden.

Hij krabbelde overeind en zwaaide met een vuist naar de Zwarte Jager. 'Zeg, wat zijn dat voor manieren!' Hij wilde nog meer zeggen, maar een kille blik legde hem het zwijgen op.

De ruiter knikte kort naar de deur.

Meester Mandus keek er verwonderd naar. 'Wat? Moet ik dáárin? Maar dat is een ruïne!' Hij liep om het bouwwerkje heen en zag dat het inderdaad maar een muur was. Als hij aan de voorkant door de deur zou gaan, kwam hij er aan de achterkant weer uit. 'Er is hierachter niets dan bos!' riep hij uit. 'Houdt u mij voor de mal?'

De Zwarte Jager trok opnieuw zijn zwaard. Hiermee porde hij in de richting van meester Mandus, die geschrokken een paar stappen achteruit deed.

'Goed goed,' prevelde hij, terwijl hij zijn hand op de deurklink legde. 'Als u erop staat.' Hij drukte de klink langzaam omlaag. De deur ging open en het heertje stapte erdoorheen, maar hij kwam niet bij de andere kant uit. In plaats daarvan belandde hij in een duisternis, die volledig werd toen de deur achter hem dichtklapte. 'Wat… wat wát?!' Hij draaide zich om en zocht gejaagd naar de klink.

'U kunt zich de moeite besparen,' sprak een raspende stem achter zijn rug. 'De deur is verdwenen.'

Meester Mandus stak zijn handen tastend alle kanten uit. Nergens vonden zijn vingers houvast. 'Dit kan niet,' prevelde hij in zichzelf. 'Hij móét hier ergens zijn. Door die duisternis ben ik natuurlijk mijn richtinggevoel kwijtgeraakt. Ik kan me nergens op oriënteren.'

'Dan zal ik u bijlichten,' zei de stem.

Er flakkerde een kaarsvlam op.

Eerst zag meester Mandus alleen de vlam, toen de grote kaars eronder. En vervolgens de eenvoudige houten tafel waarop hij stond. Voorbij de lichtkring van de kaars kon hij niet veel onderscheiden, maar hij had het gevoel dat hij zich in een kleine ruimte bevond. Bij de tafel stonden twee stoelen tegenover elkaar. Die vlak voor hem was leeg, maar de stoel aan de andere kant was bezet.

Er zat een gedaante in een monnikspij. De ruime kap was ver over zijn hoofd getrokken, zodat het gezicht niet te zien was. Meester Mandus kon alleen de handen zien, die de monnik voor zich op de tafel had gelegd. Ze waren ruw en eeltig, als die van een werkman. Een ervan gebaarde naar de lege stoel.

'Neem plaats, meester Mandus.'

'Hoe… hoe weet u mijn naam?' vroeg hij.

'Ik heb veel over u gehoord, en dat maakte me nieuwsgierig. Vandaar dat ik u heb uitgenodigd.'

'Uitgenodigd?' Door een plotselinge woede vergat meester Mandus alle vreemde dingen die er zojuist waren gebeurd. 'Ontvóérd zult u bedoelen!' Hij sloeg met zijn vuist op tafel. 'En wat hebt u met Mirabelle gedaan? Waar heeft die ellendige voerman haar heen gebracht?'

De monnik toonde hem zijn open handpalmen. 'Nergens,' klonk het hees.

'Nergens?' herhaalde meester Mandus. 'Nergens bestaat niet. Kullaria!'

'Het was een illusie,' legde zijn gastheer geduldig uit. 'Een magische illusie om u naar het woud te lokken.'

'Een magische illusie? Toe maar. Wie bent u dan wel, een goochelaar? En waarom kon u niet naar mij toe komen, als u mij zo nodig wilde spreken? Als u werkelijk kunt toveren, was één vingerknip vast voldoende geweest.'

'Ik ben met hart en ziel gebonden aan het woud, om redenen die ik zo dadelijk zal uitleggen. En dan weet u tevens wie ik ben. Niet een goochelaar. Nee, meer dan dat. Véél meer…'

'Hoogst interessant. Maar wat wilt u van mij?'

'U bent hier omdat ik plannen met u heb. Grootse plannen…' De monnik gebaarde weer naar de stoel.

Meester Mandus bleef staan. 'Grootse plannen?' Hij schudde beslist het hoofd. 'Daar heb ik nu geen tijd voor. Nee nee. Ik moet Mirabelle zo gauw mogelijk naar het instituut voor jonge dames brengen, en…'

'Zit!' commandeerde de ander. 'Of u zult proeven van mijn toorn…'

Beduusd ging zijn gast zitten.

'Deze ruimte,' begon de monnik, 'is het enige wat rest van het kasteel dat hier eeuwen geleden stond. Het was zo groot als dit woud en het had zoveel vertrekken dat men ze nooit zou kunnen tellen. De kasteelheer was een machtig man. Hij heerste over de dorpen in de wijde omtrek. Eenieder boog voor hem en deed meteen wat hij hun opdroeg, want ze waren als de dood voor hem. Hij bezat geld, goud en andere rijkdommen, waarmee hij kon kopen wat hij wilde. Zijn kasteel stond

vol met de mooiste voorwerpen en de muren waren bedekt met de kostbaarste schilderijen. Toch was dat niet genoeg...'

Meester Mandus trok een zuinig gezicht. 'Tsa! Dat lijkt me anders toch al tamelijk veel.'

De monnik negeerde hem. 'Hij wilde meer. Macht. Maar geen aardse macht. Nee, hij wilde heer en meester zijn over de elementen, de natuur, over mens en dier, dag en nacht. *Over leven en dood.*'

Meester Mandus wilde weer wat zeggen, maar zag toen iets wat hem deed huiveren.

Er was iets raars met de schaduw van zijn gastheer die door het kaarslicht op de muur achter hem werd geprojecteerd. In plaats van een gestalte met een pij en een kap, zag meester Mandus opeens een kromgebogen man met een kaal, hoekig hoofd. Hij knipperde met zijn ogen en toen was het weer de schaduw van de monnik.

Ik moet het me verbeeld hebben, dacht hij. Het komt vast door het schaarse licht en mijn slechte ogen.

De monnik leek niets te hebben gemerkt. 'De kasteelheer gebruikte zijn fortuin om boeken te kopen,' ging hij verder. 'Uiterst zeldzame en gevaarlijke boeken, die verboden waren en aan de ketting waren gelegd, met een slot erop, in kelders diep onder de grond, zodat niemand ze kon inzien.'

'Maar hoe kon hij er dan aan komen?' wilde meester Mandus weten. 'Lijkt me nogal lastig.'

'Voor geld is alles en iedereen te koop,' antwoordde de monnik kortaf, geërgerd door deze nieuwe onderbreking.

'Wat voor boeken waren het dan? Studieboeken, neem ik aan?'

'Zo kan men ze noemen,' sprak zijn gastheer. 'Het waren eeuwenoude boeken en perkamentrollen uit verre landen, met rituelen, bezweringen en vervloekingen.' Hij zag dat zijn gast weer zijn mond opende en stak een hand op. 'Zwijg. Hoor eerst mijn verhaal aan voordat u mij weer lastigvalt met uw dommigheden.'

Beledigd klemde meester Mandus de kaken op elkaar.

'Dag en nacht zat de kasteelheer in zijn enorme bibliotheek, tussen torenhoge stapels boeken en piramides perkamentrollen. Hij las en las tot het zwart werd voor zijn ogen. Af en toe brachten zijn bedienden hem eten en drinken, want daar dacht hij zelf niet meer aan. In zijn gedachten wemelde het van geheime formules en magische spreuken. Maar voor de rituelen had hij ook voorwerpen nodig. Magische voorwerpen. Van heinde en verre liet hij ze komen, en soms zelfs stelen - oeroude schedels van primitieve stammen, geheiligde messen uit het Verre Oosten, gezegende beenderen, veren van de dodo... Om dit alles te kunnen betalen, verkocht hij zijn kunstschatten. Fraaie schilderijen en beelden betekenden niets meer voor hem.' De monnik sloeg met zijn vuist op tafel en de kaarsvlam flakkerde wild. 'Macht wilde hij hebben!'

Met een schokje zag meester Mandus dat de schaduw opnieuw de gedaante van een kromme, kale man had aangenomen. Hij nam de knijpbril van zijn neus, hijgde tegen de glazen, en wreef ze schoon met zijn mouw. Toen hij de bril weer opzette, was de gestalte verdwenen.

De monnik leunde nog wat verder naar hem toe. 'Nadat de kasteelheer alle kennis tot zich had genomen,' raspte hij, 'werd het tijd om het geleerde in de praktijk te brengen. Hij oefende de bezweringen, danste in duisternis rond de doodshoofden, zong spreuken en experimenteerde met recepten voor magische dranken. Er ging wel eens wat mis - katten kregen konijnenoren, vogels gingen blaffen, en uit vloerplanken groeiden takken met blad en al - maar stukje bij beetje kreeg hij het vak in de vingers.'

Hij ging rechtop zitten en zwaaide onheilspellend met een wijsvinger. 'Meer dan vingeroefeningen waren het niet, want het belangrijkste moest nog komen. De kasteelheer wilde één worden met de magie, dan pas kon hij waarlijk meester zijn over leven en dood. Maar de bezwering die hiervoor nodig was, was gevaarlijk. Levensgevaarlijk. Het kon hem oppermachtig maken, maar hem ook het leven kosten. Uiteindelijk werd het beide...'

Meester Mandus had zijn uiterste best gedaan de ander niet in de rede te vallen, maar nu kon hij zich niet langer inhouden. 'Bespottelijk! Hoe kan iemand nu machtig zijn als hij dood is?'

'Kijk naar mij,' sprak de monnik. 'Ik ben het levende bewijs. Of het niet-levende, zo u wilt.'

'Wat... wat bedoelt u?'

'Die kasteelheer... dat ben ik.'

Even was meester Mandus stil, toen barstte hij los. 'U zou honderden jaren oud zijn? Levend en tegelijk niet-levend? Kullaria!' Hij schudde het hoofd. 'U moet eens met Mirabelle gaan praten, die slikt uw praatjes voor zoete koek. Ze gelooft alles, hoe idioot het ook is.'

De monnik zuchtte vermoeid. 'Ik betwijfel ten zeerste of u wel geschikt bent voor mijn doel.'

'Uw doel? Uw doel? Wat is dat dan, uw doel?' ratelde het heertje opgewonden. 'Zijn dat soms die grootse plannen waar u het over had?'

De ander knikte. 'Ik wilde mijn magische gaven met u delen, maar ik zie nu dat ik mij in u heb vergist.'

'Magische gaven?' klonk het schamper. 'Zeker in ruil voor een hoop geld! Pha! Een kunstenmaker, dát bent u! Een oplichter. Het zijn allemaal trucs, bedoeld om mensen geld afhandig te maken.'

'Trucs?' De gestalte leunde weer iets voorover. 'Leg mij dan eens uit,' sprak hij nadrukkelijk, 'hoe u door een dichte deur kon stappen. Hoe de koets, met paarden en al, kon oplossen in het niets. En hoe u thans kunt zitten in een kamer die niet bestaat.'

Meester Mandus verschoof ongemakkelijk in zijn stoel. 'Trucs,' herhaalde hij zwakjes. 'Met spiegels. Hypnose, gezichtsbedrog... De voerman en zijn maatje waren natuurlijk bij uw plannetjes betrokken. Het was doorgestoken kaart. Geld, daar ging het om.'

'U hebt een benepen denkraam!' barstte de monnik uit. 'U ziet alleen wat u wilt zien. Alles wat niet in uw kraam te pas komt, bestaat niet voor u. U ziet slechts een wankel muurtje waar anderen een enorme burcht zien. Het enige waar u aan kunt denken is geld. Uw brein is bedompt. Zet de vensters open en laat uw geest waaien!'

'Zo is het genoeg!!' Verontwaardigd stond meester Mandus op. 'Ik ben hier niet gekomen om beledigd te worden!'

'Dan moest u maar vertrekken,' sprak de monnik kil.

Zijn gast knikte kort. 'Als u mij de deur wilt wijzen.'

'Dat zal ik doen. Maar eerst moet ik ervoor zorgen dat alles wat ik u heb verteld, dit woud niet zal verlaten.'

'En hoe wilt u dat doen? Mij opsluiten?'

Zijn gastheer schudde langzaam het hoofd. 'U mag het woud verlaten. Slechts een klein deel van u houd ik hier...'

Meester Mandus keek hem niet-begrijpend aan. 'Wat is dat voor prietpraat? Hoe kunt u nou een deel van mij houden en de rest laten gaan? Dat is net zulke onzin als levend en tegelijk niet-levend. U bent een gevaarlijke gek, meneer. U hoort thuis in een gesticht!'

De monnik liet een hees kakellachje horen, dat zijn bezoeker onaangename rillingen bezorgde. 'Gevaarlijk ben ik zeker, gek allerminst. Let goed op, meester Mandus, zo meteen zult u *buiten* uzelf zijn van een hoogst boeiende ervaring...'

Hij hief zijn handen op, hield ze boven zijn hoofd, en begon duistere klanken te prevelen. Gaandeweg werden ze verstaanbaar, maar ze bleven onbegrijpelijk. 'Ispahan, zodholi, mihali, abraxas, cthulu...' Toen hij deze woorden enkele keren herhaald had, richtte hij zijn handen bezwerend op meester Mandus. 'Ispahan, zodholi, mihali, abraxas, cthulu...'

Lichtblauwe stralen bliksemden uit zijn vingertoppen, klauwden zich in het hoofd van meester Mandus en verdwenen in zijn lichaam.

Het volgende moment leken onzichtbare handen in zijn brein te wroeten, op zoek naar... ja, op zoek naar wat? 'Wie, hoe...' stamelde hij. 'Wat... wat gebeurt er?'

'Het duurt niet lang meer,' sprak de monnik sussend, terwijl hij zijn handen op hem gericht hield. 'En dan zult u niets meer aan uw hoofd hebben, mijn beste meester Mandus.' Hij spreidde zijn vingers.

Het wroeten hield op en een taai trekken begon.

Meester Mandus had het gevoel dat hij omhoogzweefde als een ballon waarvan het touwtje is geknapt. Hij keek omlaag en zag dat hij zich inderdaad al een meter boven de tafel bevond. Hij zag nog iets. Op de stoel waarop hij daarnet nog had gezeten, zat inmiddels iemand anders, want hij zag handen rusten op de armleuningen.

Hoe had die persoon dat zo gauw voor elkaar gekregen?

Toen bekroop hem een akelige gedachte, als een spin die langzaam maar zeker over zijn web naar zijn slachtoffer kruipt. Hij kende die handen, hij had ze eerder gezien. Sterker nog, hij zag ze dagelijks. Het was onmogelijk en toch was het zo.

Het waren *zijn* handen!

De monnik hief zijn eigen handen nog wat verder op, en meester Mandus raakte nu bijna het plafond. Tegelijk zag hij zichzelf nog aan tafel zitten, onbeweeglijk als een wassen beeld.

'Ga nu,' commandeerde zijn gastheer.

'Wie? Ik?' vroeg meester Mandus vanuit de hoogte.

Op hetzelfde moment zag hij hoe zijn lichaam opstond en zich omdraaide naar de muur, waarin de omtrekken van een deur opdoemden. Het was de zwarte deur waardoor hij binnen was gekomen. De deur zwaaide open en meester Mandus zag zichzelf naar buiten stappen, het woud in.

'Stop!' riep hij zichzelf achterna. 'Wacht op mij!'

Maar de deur sloeg alweer dicht.

'Nog even geduld,' sprak de monnik. 'Zodra uw gedaante het woud heeft verlaten, mag u naar buiten en gaan jammeren met het Koor der Zoekende Zielen.' Hij lachte akelig in zijn kap.

'Het Koor der Zoekende Zielen?' herhaalde meester Mandus vanaf het plafond, waar hij als een vlieg tegenaan zat geplakt. 'Dat klinkt niet erg prettig. Wat is dat voor een koor? En wat zoeken ze?'

'Dat zult u vanzelf ontdekken.' Zijn gastheer stak een hand op en hield zijn hoofd een tikje schuin, alsof hij plotseling iets hoorde. 'Stil! Ik voel de nabijheid van een verwante ziel - nieuwsgierig, met een rijke verbeelding en een open geest. En jong bovendien…'

'Mirabelle?' prevelde meester Mandus, zo zacht dat alleen hijzelf het kon horen. Kon hij haar maar waarschuwen!

'Helaas bevindt deze zich net buiten het bereik van mijn magische krachten. Maar gelukkig niet te ver voor de flierefluit.'

'Voor de wát?'

De monnik gaf geen antwoord, maar schudde uit een van zijn wijde mouwen een fluit. Het instrument leek uit een dunne boomtak te zijn vervaardigd, want het was krom en knoestig. 'Ik zal haar naar mijn pijpen laten dansen!' Hij lachte hees en zette de fluit aan zijn lippen. De kap viel iets naar achteren, waardoor de kaarsvlam zijn gezicht bescheen.

Meester Mandus hapte naar adem toen hij de gegroefde gelaatstrekken van de fluitspeler herkende.

'Voerman?'

8
DE TWEEDE DANS

Inmiddels waren Mirabelle en Spriet een heel eind om het Verboden Woud heen gelopen, maar nergens konden ze erin.

'Ik begrijp het niet,' zei Spriet. 'Het is net of iemand er een onzichtbare muur omheen heeft opgetrokken.'

Mirabelle knikte. 'Tover.'

Spriet verbleekte bij het horen van dat woord.

'Wat zou het anders moeten zijn?' zei ze. 'Het is duidelijk dat de Zwarte Jager geen ongenode gasten in het woud wil hebben. Je kunt er alleen in als hij dat wil en anders niet.'

'Maar wat moeten we dan?'

'Wachten.'

'Waarop, juffrouw Mirabelle?'

'Tot de toverfluit ons roept. Ik denk dat dat de enige manier is waarop je in het woud kunt komen.'

'Ons?'

Ze keek hem nu recht in de ogen. 'Ja Spriet, mij of jou. De fluit heeft ons stuk voor stuk naar het Verboden Woud proberen te lokken, alleen jou nog niet. Het kan best zijn dat jij nu aan de beurt bent.'

'Ik? Maar dat wil ik helemaal niet!'

'Je hebt niks te willen,' zei Mirabelle. 'Als de fluit je roept, dan ga je. Of je wilt of niet. Maar je hoeft niet bang te zijn…'

'O nee?' zei Spriet ongelovig.

'Nee. Want als de fluit jou lokt, haal ik je uit je droom zodra je in het woud bent.' Mirabelle zweeg en dacht weer aan de toverdans met de rover, die zo wonderlijk teder haar hand had vastgepakt. Er trok een vreemde tinteling door haar heen.

'Maar dan kunt u mij toch helemaal niet volgen!' riep Spriet dwars door haar dagdroom.

'Wat?' vroeg Mirabelle afwezig.

'Nou, als alleen degene die de fluit hoort, het woud in kan.... Hoe kunt u mij dan wakker maken?'

'Dan roep ik vanaf hier naar je, zodat jij op zoek kunt gaan naar meester Mandus, Ischias en Griselda. En als ik als eerste het woud in ga, moet jij mij wakker roepen.'

'Maar als ík het woud in ga, ben ik helemaal alleen in dat griezelige bos. Dan ben ik een prooi voor de Zwarte Jager! En misschien hoor ik u wel niet als ik betoverd ben.'

'Dat zien we wel als het zover is,' zei Mirabelle, een tikje geërgerd. 'Wie weet vinden we een manier om samen het woud binnen te gaan,' voegde ze er toen troostend aan toe.

'Straks wórden we helemaal niet betoverd. Zitten we hier tot sint juttemis met onze duimen te draaien.'

Mirabelle knikte. 'Heb ik ook al aan gedacht. Daarom moeten we denken aan dingen die we graag willen, waar we naar verlangen.'

'Huh?'

'Volgens mij gebruikt de fluit dat als lokaas.'

'Dingen die we graag willen? Waarom denkt u dat?'

'Nou, eh... door mijn dans met de rover,' zei Mirabelle. Er verscheen een blosje op haar wangen.

Spriet keek haar niet-begrijpend aan.

'Stel, je houdt heel erg van gebak, dan probeert de fluit je misschien te lokken met een enorme taart.'

'Aha,' zei Spriet. 'Nu snap ik het! U wilde natuurlijk graag dansen!'

'Dat heb je goed geraden,' zei Mirabelle zacht. 'En waar verlang jij naar, Spriet?' vroeg ze toen gauw.

De jongen werd rood als een biet en keek van haar weg. 'Nou euh... warme kleren, en eten - lekker eten - enne een dak boven m'n hoofd.'

'Goed, dan moet je daar vanaf nu heel hard aan gaan denken.'

'En u, juffrouw Mirabelle?' vroeg hij nieuwsgierig. 'Waar gaat u aan denken?'

'Ik?' Mirabelle bloosde opnieuw. 'Dat weet ik nog niet...'

Spriet had al zo lang aan slagroomtaart met kersjes gedacht dat hij er misselijk van werd, maar er gebeurde niets. Misschien moet ik me iets anders voorstellen, dacht hij. Een knappend haardvuur, of een donzen bed met dikke dekens en een hete kruik...

Hij keek opzij naar Mirabelle. Het meisje staarde onafgebroken naar het woud, alsof daar iets gaande was. Maar toen hij die kant op keek, zag hij slechts dicht opeenstaande bomen en struiken, en de duisternis daartussenin. Waar zou zij nu aan denken?

Mirabelle slaakte een verraste kreet.

Ze glimlachte en maakte een kleine buiging, alsof ze een groet beantwoordde. Toen hief ze haar rechterhand en haar vingers kromden zich, alsof ze door iets werden omsloten. Haar linkerarm sloeg ze om iets onzichtbaars heen en vervolgens wervelde ze met gesloten ogen naar het woud, terwijl haar hoofd meedeinde op een onhoorbaar ritme.

Spriet fronste zijn wenkbrauwen. Het moest de rover zijn met wie juffrouw Mirabelle eerder had gedanst, dat kon niet anders. Blijkbaar heeft ze aan hem zitten denken, dacht hij, terwijl hij een steek van jaloezie voelde. Maar waarom zie ík hem niet? Waarom kan ík die fluit niet horen? *Klonk er wel een fluit? Was er wel een rover?*

Hij moest het weten! In een opwelling greep hij de rand van Mirabelles japon beet, net voordat ze het woud binnendanste.

Op slag werd alles anders.

Ze stonden niet meer aan de rand van het Verboden Woud, maar midden op een ophaalbrug over een diepe slotgracht. In plaats van de hoge bomen stond er nu een reusachtig kasteel waarop zwarte vlaggen wapperden. Vanuit het kasteel klonk vrolijke muziek van een viool, een fluit en een trommel - muziek waarop je wel moest bewegen, of je wilde of niet.

Hoewel zijn armen en benen dolgraag mee wilden doen, hield Spriet zich in. Als hij nu ging dansen, viel dat op. Hij keek naar Mirabelle, maar die ging zo op in haar dans dat ze hem niet opmerkte.

Toen zag hij de rover. Een ruige kerel met een woeste baard, ringen in zijn oren, en een flaphoed over zijn ogen. Zijn handen waren enorm, maar hij hield Mirabelle vast alsof ze van doorzichtig porselein was, terwijl hij met haar naar de poort van het kasteel danste.

Spriet pakte Mirabelles mantel nog wat steviger vast, om te voorkomen dat hij uit haar droom werd gegooid. Verwachtingsvol bonsde zijn hart. Wat stond hun achter die poort te wachten? Langzaam - tergend langzaam - weken de zware deuren uiteen. Erachter werd een grote hal zichtbaar, verlicht door talloze fakkels.

Het wonderlijke paar danste over de drempel naar binnen. Maar net toen Spriet hen wilde volgen, begonnen de deuren zich alweer te sluiten. Het ging zo snel dat hij nauwelijks tijd had om opzij te springen. Met een klap belandde hij ruggelings op de ophaalbrug. Meteen krabbelde hij overeind, maar de deuren waren al dicht.

'Hela, doe open!' Spriet wilde op de deuren bonzen, maar zijn hand ging er dwars doorheen.

De muziek stierf weg en beduusd zag hij hoe het kasteel vervloog in de wind, alsof het van zand was gemaakt. De loopbrug verdween onder zijn voeten en hij vreesde in het diepe water te zullen vallen,

maar ook de slotgracht loste op in het niets. Toen het gewervel om hem heen tot rust was gekomen, stond hij midden in het woud.

Zwevend in de armen van de rover keek Mirabelle om zich heen in de grote hal van het kasteel. Hij was leeg en verlaten; er stonden zelfs geen meubels. Haar hoofd voelde ook leeg. Leeg en opgeruimd. Toch was er iets waar ze aan moest denken, al wist ze niet precies wat - de muziek drong alle andere gedachten naar de achtergrond. Ze haalde haar schouders op en gaf zich over aan het zwieren en zwaaien. Ze dansten de hal uit en kwamen in een lange gang. De muziek klonk nu een stuk luider.

'Gaan we naar de andere rovers?' vroeg Mirabelle. 'Zijn ze aan het feesten?'

De ruige rover knikte.

'Zeker omdat ze veel buit hebben, hè? Goud, zilver, dubloenen?'

'Wacht maar af,' zei de rover. Zijn stem klonk hees, alsof hij hem in lange tijd niet gebruikt had. 'Je zult versteld staan…'

Hij pakte haar hand wat steviger beet en leidde haar in een hoog tempo de gang door. Een gang waar geen eind aan leek te komen.

Terwijl ze dansten, begon de fluit boven de twee andere instrumenten uit te klinken. De hoge, zoete tonen weefden zich om haar heen als een web, waarin ze zich met liefde liet verstrikken.

'Is het… daar?' Ze keek om zich heen, en merkte dat de rover haar niet langer in zijn armen hield. Ergens halverwege moest hij haar hebben losgelaten. In de verte zag ze hem staan.

Hij nam zijn hoed af en maakte een buiging. 'Mijn taak zit erop, scho-ne dame,' riep hij. 'Vanaf hier ga je met de muziek mee!'

'Maar…' zei Mirabelle. Ze maakte haar zin niet af, want opnieuw begon de rover voor haar ogen te vervluchtigen.

Ditmaal verdween zijn hoofd het laatst. 'Vaarwel!' riep zijn mond toen de rest van zijn gezicht al in het niets was opgelost.

Maar Mirabelle hoorde het niet meer. Onzichtbare draden trokken haar steeds verder naar het duister waardoor de gang werd opgeslokt.

9
SPRIET ZIET ZE VLIEGEN

'Juffrouw Mirabelle!'
Spriet rende achter haar aan. De burcht, de slotgracht en de rover mochten dan zijn verdwenen, hij kon het meisje nog steeds zien. Ze was inmiddels een heel eind bij hem vandaan en telkens versperden bomen en struiken hem de weg, maar hij bleef rennen en roepen.
'Juffrouw Mirabelle!'
Het meisje keek echter niet op of om en danste stug door. Het leek wel of er aan haar getrokken werd. Ze verdween achter een groepje bomen en kwam niet meer tevoorschijn.
Spriet rende naar de bomen toe, maar hij vond haar niet meer terug.
'Juffrouw Mirabelle, waar bent u?!'
Er kwam geen antwoord.
Verslagen liet hij het hoofd hangen. 'Waarom hóórt ze me nou niet?'
'Omdat we in het woud zijn,' klonk het moedeloos, ergens schuin boven hem. 'Zíjn woud. Hier is hij oppermachtig.'
Spriet draaide zich om, keek omhoog en versteende.
Daar zweefde een ijle gestalte die hem meewarig aankeek. Het was een jonge man in een gestreept nachthemd. Door zijn lichaam heen waren de bomen achter hem te zien.
'Bent u een spook?' vroeg Spriet.
'Was ik dat maar,' jammerde de man. 'Ik ben een van de Zoekende Zielen,' voegde hij eraan toe. 'Gedoemd voor eeuwig door dit woud te dolen.'
'Zoekende Zielen?' Spriet keek hem met open mond aan. 'Wat zijn dat?'
'Wij zijn op zoek,' zei de ander, fladderend als een blad in een opstekend briesje, 'naar onszelf.'

'Naar ons lichaam, zul je bedoelen! Doe toch niet zo vaag, Cornelis! Die knul snapt er niks van!'

'Neem me niet kwalijk, Antonia,' zei Cornelis kleintjes.

Spriet keek achter zich.

Er was een andere schim bij gekomen. Een stevige, kordate vrouw met een geruit werkschort voor. Haar weerbarstige haar zat gevangen in een knotje.

'Híj is uit z'n luie bed geplukt,' zei ze smalend. 'Toen ik de muziek hoorde, was ik net de koeien aan het melken.'

Spriet keek van de een naar de ander. 'De... de fluitmuziek?'

Antonia zette haar handen in haar zij. 'Tuurlijk, wat anders? Zo ben jij toch ook hier gekomen?'

Spriet schudde van nee en vertelde hoe hij in het woud was beland.

'Nou, de rest van ons is hiernaartoe gelokt met mooie dromen. Allemaal nep.' Ze zette haar handen aan haar mond en galmde: 'Kom maar tevoorschijn, tis goed volk!'

Achter de knoestige stammen doken nu tientallen gestaltes op, die met z'n allen een klaaglijk, woordeloos lied aanhieven. Schimmen van mannen en vrouwen schoten tussen stammen en struiken door als vissen in het water en kwamen om hem heen zweven.

'Hou es op met dat gezanik!' snauwde Antonia. 'Daar heeft dat jonkie niks an. We moeten hem helpen.'

'Helpen?' zei de schim van een bleke jongedame. Ze sperde haar ogen wijd open. 'Er valt niets te helpen. Hij is reddeloos verloren. We zijn allemáál reddeloos verloren!'

De anderen jammerden instemmend.

'Wat is er met jullie gebeurd?' vroeg Spriet. 'Als jullie geen spoken zijn, wat zijn jullie dan?'

'Hij heeft onze ziel uit ons lichaam getrokken,' fluisterde een van de schimmen. 'Als een pit uit een vrucht.'

'Huh?'

Antonia wees op zichzelf. 'Wat je hier ziet zijn onze zielen. Wij zijn van ons lichaam gescheiden.'

Spriet fronste zijn wenkbrauwen. 'Waarom?'

'Omdat hij ons lichaam nodig had natuurlijk,' sprak de schim van een dikke man met een krulsnor. 'Waarom anders?'

'Wie?' vroeg Spriet verward.

'Zwarterik,' antwoordde Antonia.

De Zoekende Zielen huiverden bij het horen van die naam. Hier en daar klonk een getergde kreet.

'Eeuwen geleden woonde hij in dit woud,' ging Antonia verder. 'Alleen was het toen nog geen woud, maar een kasteel. En Zwarterik was de kasteelheer. In zijn zucht naar macht rommelde hij met zwarte magie en toen...'

'Toen gebeurde er iets vreselijks,' zei de bleke jongedame, die nog verder verbleekte en bijna onzichtbaar werd.

Spriet dacht diep na. 'Hij ging dood?'

De bleke dame schudde haar hoofd. 'Nog veel erger.'

'Hij ging niet dood?'

'Allebei,' zei Antonia. 'Door de bezweringen die hij uitvoerde, werd hij almachtig, maar tegelijk werd hij een schaduw van zichzelf...'

'Een schaduw? Maar dat kan toch niet?'

'Je bent nogal traag van begrip, knul,' zei de man met de krulsnor.

'Rustig aan, Hendrik,' kwam een dunne vrouw met een brilletje tussenbeide. 'Je loopt erg hard van stapel. Hoe kan dat joch nu in een paar tellen zoiets ingewikkelds begrijpen? Het is wel duidelijk dat je nooit in het onderwijs hebt gezeten, zoals ik.'

'Leg jij het dan maar uit, Geertruida!' Hendrik sloeg zijn armen over elkaar en ging verontwaardigd een eindje verderop zweven.

'Misschien is het wat moeilijk te snappen,' sprak Geertruida op geduldige toon, 'maar Zwarteriks lichaam verdween, terwijl zijn ziel achterbleef, gevangen in het woud. Sindsdien is hij zoekende, net als wij. Alleen zijn wij op zoek naar ons eigen lichaam, terwijl hij...'

'... Elk lichaam uitprobeert alsof het een jas in een kledingzaak is!' riep Hendrik bits. 'Maar onze lichamen pasten hem niet, en toen heeft hij ze weggegooid als oude vodden!'

'Waarom pasten ze hem niet?'

Hendrik haalde zijn schouders op. 'Moet je hem vragen.'

'Maar hoe weten jullie dit allemaal?' vroeg Spriet verwonderd. 'Van dat-ie hier woonde en die toverij en zo?'

'Heeft-ie ons in eigen persoon verteld,' zei Hendrik, 'terwijl hij bezig was onze ziel los te weken van ons lichaam als een postzegel van een envelop.'

Spriet dacht aan het verhaal van de herbergier en langzaam begon hij het te begrijpen. Zwarterik zocht een nieuw lichaam, daarom had hij natuurlijk al deze mensen het woud in gelokt - hij wilde hun lichaam inpikken. Dit waren de verdwenen dorpelingen! Nu snapte hij ook waarom ze, toen ze terugkwamen, bijna niets meer wisten. Hun herinneringen waren achtergebleven bij de Zoekende Zielen, die kennelijk vastzaten in het Verboden Woud. Alleen begreep hij niet waarom het eeuwen had geduurd voordat die Zwarterik z'n plannetje ten uitvoer bracht.

Hendrik keek hem met samengeknepen ogen aan. 'Jij weet er meer van hè? Ik zie het aan je blik.' Hij priemde met een beschuldigende vinger naar Spriet. 'Jij weet wat er met onze lichamen is gebeurd!'

De schimmen jammerden luidkeels en cirkelden om hem heen als een zwerm muggen. Ze verdrongen elkaar om zo dicht mogelijk bij hem te komen en wanhopige vragen op hem af te vuren.

'Wat is er met mij gebeurd?'

'En met mij?'

'Leef ik nog?'

'Waar ben ik nu?'

'Laat hem met rust!' Antonia kwam voor Spriet zweven en joeg de opdringerige schimmen weg. 'Klopt dat? Weet je wat er gebeurd is?

'Euh...' Spriet keek naar de grond. 'Jullie zijn allemaal teruggekomen in het dorp, vertelde de herbergier van de Vrolijke Papegaai... Maar jullie wisten niks van wat er gebeurd was.'

'Allicht niet,' zei Antonia. 'Onze zielen zijn hier gebleven. Als leeghoofden zijn we teruggekeerd.'

'Jullie wisten alleen nog dat jullie betoverende muziek hadden gehoord. Enne…' Spriet aarzelde. Hoe moest hij dit nou vertellen?

'Ja?' zei Hendrik ongeduldig. 'Waar wacht je op?'

'Nou eh… iedereen was ouder geworden.'

'Ouder?' herhaalde de bleke jongedame een tikje angstig. 'Hoeveel ouder? Eén jaartje? Twee jaartjes?' Ze streek met haar vingers langs haar gladde gezicht. 'Hadden ze rimpels?'

'*Wankele grijsaards*, zei de herbergier.' Spriet had de woorden gefluisterd, alsof hij liever niets had gezegd.

Maar de schimmen hadden het verstaan. Hun geweeklaag was oorverdovend, zelfs Antonia slaakte een kreet.

'Misschien zijn we intussen wel dood!' riep Cornelis handenwringend. 'Dan zijn we nu écht spoken! Ach en wee!'

Geertruida sloeg beduusd een hand voor haar mond. 'Ik zal nooit meer een dictee kunnen geven met d en dt…'

Hun jammerkreten buitelden over elkaar heen als ratten op een zinkend schip.

Antonia was de eerste die zich vermande. 'Koppen dicht!' Ze stak een hand op en het lawaai zwakte af tot een zacht gekerm. 'Wat er ook met onze lichamen is gebeurd - of we nou dood zijn of niet - we willen niet in dit beheksde woud gevangen blijven zitten. Of wel soms?'

De schimmen keken elkaar aan en schudden toen hun hoofd.

'Goed dan. Nu dit jonkie er is, hebben we misschien een kans - hoe klein ook - om te ontsnappen.'

Vertwijfeld keken de Zoekende Zielen naar Spriet, die zich onder alle blikken ineen voelde krimpen.

'Hij?' schamperde Hendrik. 'Wat kan hij nou tegen Zwarterik beginnen?'

'Meer dan wij.' Antonia knikte naar de zwevende gedaantes om zich heen. 'Wij zijn lucht voor Zwarterik, we kunnen hem niet eens aanraken. En bij het minste briesje waaien we weg.'

'De Zwarte Jager heeft hem zo te pakken,' zei Cornelis somber. 'Hij rijdt dag en nacht door het woud. Morgen is het joch een schim, net als wij allemaal. Tenzij Zwarterik besluit dat het z'n nieuwe jas wordt...'

'We moeten hem verbergen,' zei Geertruida.

Hendrik schudde moedeloos het hoofd. 'Hoe dan? Als de Zwarte Jager hem niet ziet, dan ruikt-ie hem wel!'

Spriet rilde toen hij de Zoekende Zielen zo over hem hoorde praten. Hij mocht geen schim worden! Dat kon niet, want hij moest juffrouw Mirabelle redden, Ischias, de professor en Griselda!

Op dat moment klonken er paardenhoeven, niet ver bij hen vandaan.

'Als je over de duvel praat, trap je op z'n staart!' siste Hendrik.

Geschrokken schoten de schimmen alle kanten op. Alleen Antonia bleef nog even hangen. 'Snel, een boom in! Voordat hij je ziet!'

Toen ging ook zij ervandoor en Spriet was alleen. Als een eekhoorn klauterde hij de dichtstbijzijnde boom in, zo hoog als hij kon. Hij verschool zich achter een hoop bladeren en tuurde vanaf een dikke tak omlaag.

Daar verscheen, op een gitzwart paard, een donkere gedaante met een beulskap op, en een groot, glinsterend zwaard aan zijn zij. De Zwarte Jager bleef staan, recht onder Spriets tak, en keek speurend om zich heen.

Achter de ruiter zat nog iemand. Een heertje met een sik, een knijpbril en een hoge hoed.

10

TWEEMAAL MEESTER MANDUS

Hoewel Mirabelle niets kon zien, stootte ze nergens tegenaan; de toverdraden hielden haar in een innige omhelzing en loodsten haar veilig door de duisternis waarin ze was beland.

De viool en de trommel zwegen, alleen de fluit klonk nog in haar oren. De toon was ijler geworden en minder vrolijk. Het roversfeest was toch niet afgelopen? Straks liep ze alles mis! Toen, alsof het haar was ingefluisterd, wist ze waarom de muziek nu droevig klonk.

Er werd op haar gewacht.

'Ik kom eraan!' riep ze.

Een eind verderop begon een zwak lichtje te gloeien. Er werd harder aan haar getrokken en het schijnsel werd groter. Nu zag ze waar ze op af stevende; ze naderde het einde van de gang. In de muur zat een grote, zwarte deur. Ernaast brandde een fakkel.

In een mum van tijd stond ze ervoor. Nu ze hun werk hadden gedaan, gleden de onzichtbare draden een voor een los en verdwenen. Aarzelend stak Mirabelle een hand uit naar de klink, maar de deur zwaaide al open. Kaarslucht kwam haar tegemoet.

Ze klopte aan. 'Hallo? Is daar iemand?'

'Treed binnen, schone maagd,' klonk het raspend. 'Je werd reeds verwacht...'

Spriet liep rood aan, veel langer kon hij zijn adem niet meer inhouden. Voor zijn gevoel stond de Zwarte Jager al een eeuwigheid onder zijn tak, als een jachthond onbeweeglijk speurend naar prooi. Plotseling duwde de ruiter meester Mandus van zijn paard en galoppeerde weg. Spriet wachtte tot de Zwarte Jager een eind bij hen vandaan was en fluisterde toen zo hard als hij durfde: 'Professor! Psst!'

Meester Mandus richtte zich op van de grond en knipperde met zijn ogen. Zijn hoed was gedeukt en het brilletje hing scheef op zijn neus; zijn kleren waren bedekt met takjes en blaadjes. Zonder zich netjes te maken, stond hij op en begon te lopen, met zijn armen stijf langs zijn lichaam.

'Hee, hierboven!' zei Spriet nu iets luider.

Het heertje leek hem niet te horen.

Nadat Spriet alle kanten uit had gekeken en nergens iets verdachts bespeurde, liet hij zich uit de boom glijden. Haastig liep hij achter meester Mandus aan. 'Professor, bent u doof? Wacht nou even!' Hij draaide om de ander heen, maar deze gaf geen blijk van herkenning.

Door de bomen heen kwam het eind van het woud in zicht.

Spriet probeerde hem tegen te houden. 'Ho, niet verder lopen! Straks gaat u het bos nog uit!'

Meester Mandus keek hem glazig aan. 'Kullaria!' sprak hij met dunne lippen. Hij duwde de jongen opzij en vervolgde zijn weg.

'Luistert u nou!'

'Kullaria! Kullaria! Kullaria!'

'Maar profes...'

'Heeft geen enkele zin, knul,' klonk het achter hem.

Het was Antonia. Ze kwam naast hem zweven en keek hoofdschuddend naar de rug van meester Mandus.

'Huh?'

'Zie je het dan niet? Hij is ont-zield, een lege huls is het. Komt alleen nog maar kletspraat uit. Blijkbaar kon Zwarterik niks met hem.'

'De professor?' Spriet keek haar vol ongeloof aan. 'Heeft Zwarterik hem...? Maar... waar is z'n ziel dan gebleven?'

'O, die zal zich vroeger of later wel bij ons voegen.' Ze slaakte een zucht. 'En hoe meer zielen, hoe meer gejammer.'

'Maar de professor mág het woud niet uit,' zei Spriet. 'Dan kan z'n ziel nooit meer terug in zijn lichaam!'

Antonia trok met haar schouders. 'Knappe jongen die 'm tegenhoudt. Wij kunnen er niet uit, de zielloze lichamen wel.'

'Is er dan echt niks wat we kunnen doen?'

'Je kunt 'm op z'n hoofd meppen,' zei ze peinzend. 'Dan blijft-ie vast wel een tijdje liggen, maar ideaal is het niet.'

Spriet kreeg een idee. 'Wacht eens... Jullie zijn toch op zoek naar een lichaam?'

Antonia keek hem fronsend aan. 'Ja, hoezo?'

'Nou...' zei Spriet. 'Dat van de professor is net vrijgekomen. Zou een van jullie niet eh plaats kunnen nemen in zíjn lichaam?'

'Wát?'

'Tijdelijk hoor,' zei Spriet gauw. 'Tot z'n eigen ziel komt opdagen, bedoel ik. De ziel die in de professor zit, kan er dan voor zorgen dat-ie zolang in het woud blijft. Snapt u?'

Antonia knikte. 'Ik geloof van wel. Slim plan, jonkie, dat had ik niet achter je gezocht. Alleen, zoiets hebben we nog nooit geprobeerd. Er kan van alles misgaan. Stel dat de ziel die "plaatsneemt" in jouw professor, er niet meer uit kan. Wat dan?'

Spriet trok met zijn schouders. 'Kweenie.'

'Nou ja, waarschijnlijk lukt het niet eens. Wij Zoekende Zielen hebben geen magische krachten zoals Zwarterik.' Antonia keek peinzend voor zich uit. 'Maar het is de moeite van het proberen waard. De vraag is alleen wie van ons het gaat doen. We moeten er maar over stemmen.'

Intussen was meester Mandus al bijna de rand van het woud genaderd.

'Daar is geen tijd meer voor,' zei Spriet. 'Kijk! Nog een paar stappen, dan is het te laat. Er moet nú iets gebeuren!' Hij keek Antonia smekend aan. 'U moet het doen. Alstublieft!'

Antonia wierp een korte blik op hem en schoot weg. Een fractie van een seconde later hing ze boven meester Mandus en begon af te dalen in zijn voortbenende gestalte. Haar schim ging helemaal in hem op, tot en met haar knotje. Toen dat ook verdwenen was, was er van haar geen spoor meer te bekennen.

Spriet keek er met open mond naar.

Eerst leek het alsof er helemaal niets zou gebeuren, maar even later begon meester Mandus met zijn hoofd te schudden. Hij hield het scheef alsof er water in zijn oor zat. Ondertussen bleef hij verder lopen.

'Professor!' gilde Spriet. 'Mevrouw Antonia! Stop!!'

'Kullaria! Kullaria!' kraaide meester Mandus, zonder om te kijken.

Spriet wilde erheen rennen om hem tegen te houden, maar hij wist dat het geen zin had. Hij bereikte de ander nooit meer op tijd. De moed zonk hem in de schoenen.

Nog twee stappen en meester Mandus zou het woud verlaten.

Vanaf zijn plek tegen het plafond zag meester Mandus hoe Mirabelle het vertrek binnenkwam. De deur viel achter haar dicht, maar verdween ditmaal niet. Hij wilde haar waarschuwen dat het een valstrik was, maar er kwam geen enkel geluid over zijn lippen. Het was alsof iemand een hand strak over zijn mond geklemd hield.

De monnik in de gedaante van Ischias borg de fluit weg in een van zijn mouwen en richtte heel even zijn hoofd op. Vanuit de kap klonk een gedempt lachje.

Meester Mandus huiverde. Hoewel de monnik op Ischias leek, wist hij dat het de voerman niet kon zijn. Hoe het precies zat en wie de monnik dan wél was, wist hij niet. Hier was iets heel erg vreemds gaande, iets waar hij met zijn verstand niet bij kon.

Het kan niet echt zijn, dacht hij, dit is een droom. Dat is de enige verklaring. Straks open ik mijn ogen en dan lig ik in mijn bed, in mijn kamer in de herberg. In mijn eigen lichaam…

Maar stel nou dat het geen droom is, piepte een angstige stem in zijn hoofd. Dat dit echt is. Meester Mandus schudde het hoofd. Uitgesloten. Hij moest gewoon proberen wakker te worden. Maar hoe hij ook zijn best deed, de 'droom' wilde van geen wijken weten.

'Waar ben ik?' Mirabelle tuurde verwonderd om zich heen in de benauwde ruimte. Toen keek ze naar de monnik. 'Wie bent u? En waar zijn de rovers gebleven? Daarnet hoorde ik nog hun muziek. Nu zwijgt zelfs de fluit.'

De monnik, die de kap weer over zijn ogen had getrokken, wees op de lege stoel. 'Neem plaats. Dan leg ik je alles uit.'

'Waar zijn de rovers?' herhaalde Mirabelle, terwijl ze ging zitten. 'Dat wil ik graag eerst weten.'

'Wil je rovers? Dan krijg je rovers!'

De monnik knipte met zijn vingers en het volgende moment zaten ze in een rokerige kroeg waar het wemelde van rovers in alle soorten en maten - onbehouwen kerels die aan lange pijpen lurkten, dobbelden om dubloenen, jenever slurpten, en viezige liedjes zongen.

'Daar, jouw rovers!'

Mirabelle keek haar ogen uit. 'Is… is dit echt?'

'Natuurlijk is het echt,' raspte de monnik. 'Geloof je het niet? Ruik dan maar eens. Knijp in hun armen, als je durft.'

Ze stond op en toen ze naar de rovers liep, kwam de stank van sterkedrank en zware tabak haar al tegemoet. Ze trok haar neus op. 'Het ruikt echt,' mompelde ze. Ze fronste haar wenkbrauwen.

Kon ze zomaar in iemand knijpen? Als de rovers echt waren, vonden ze dat vast niet prettig. Ze keek om zich heen. Was er iemand die ze zonder risico kon aanraken?

Aan een tafel vlak bij hen zat een oude, magere rover met een borstelig snorretje. Hij hing boven een leeg glas te snurken.

Die ziet er niet erg gevaarlijk uit, dacht Mirabelle. Ze sloop op haar tenen naar hem toe en kneep voorzichtig in zijn grote, rode oor. Toen schoot ze vliegensvlug onder de tafel.

Het mannetje schrok overeind, trok een dolk en sprong verbazend kwiek op het tafelblad. 'Wie deed dat?' kraaide hij. 'Trek je mes en vecht als een vent!'

Mirabelle maakte zich uit de voeten en even later haalde ze opgelucht adem. Gelukkig had niemand het gezien.

Een paar rovers lachten spottend en klopten de oude op de schouder. 'Hé Harmannus, weer es te diep in het glaasje gekeken? Pas maar op, zo meteen verzuip je d'r nog in! Ha ha!'

De oude rover mopperde nog wat en zakte weer op zijn kruk.

Mirabelle trippelde terug naar de tafel waaraan de monnik zat. 'U hebt gelijk,' zei ze verbaasd. 'Ze zijn echt.'

'Je hebt een open geest, precies wat ik al hoopte,' sprak de monnik, tevreden knikkend. Opnieuw knipte hij met zijn vingers en ze waren weer terug in het kleine vertrek.

Het duizelde meester Mandus. Wat hij zojuist had gezien vanaf zijn verheven plek, was op geen enkele manier te verklaren. Tenzij hij gek was geworden. Een droom was het in elk geval niet; die rovers waren levensecht geweest. Volgens mij ben ik niet krankzinnig, dacht hij. En als ik nog bij mijn verstand ben, dan is er slechts één verklaring mogelijk…

Het zette zijn wereld op de kop. Maar gezien de omstandigheden waarin hij zich nu bevond - ondersteboven zwevend tegen een plafond, zonder lichaam, in een niet-bestaande kamer, met een eeuwenoude monnik, die van alles kon oproepen wat nog eens echt leek te zijn ook - was het nog het meest waarschijnlijke wat hij kon bedenken. *Toverij.* Meester Mandus slikte iets weg. Hij *geloofde in toverij*. Niets zou hierna ooit nog hetzelfde zijn…

Midden in de laatste stap was de ont-zielde meester Mandus blijven staan - op één been, als een reiger.

Spriet had net zo onbewogen staan turen, als een natuurliefhebber die per toeval een zeldzaam dier heeft ontdekt en het niet wil laten schrikken. Ondertussen had hij zitten denken aan juffrouw Mirabelle. Waar zou ze nu zijn? Was ze ook al ont-zield? En waar waren Ischias en de dochter van de herbergier, Griselda? Hun schimmen had hij niet ontdekt tussen de Zoekende Zielen. Hij wilde graag verder speuren, maar eerst moesten ze ervoor zorgen dat de professor het woud niet verliet. Erg lang hield hij het niet meer vol achter deze struiken. Hij kreeg last van kramp, en hij wilde weten wat er met mevrouw Antonia was gebeurd. Ik ga een kijkje nemen, dacht hij. Maar toen hij opdook uit zijn schuilplaats, kwam ook meester Mandus in beweging. Spriet versteende. Was alles nu toch verloren?

Even leek het erop dat meester Mandus het woud zou verlaten, maar op het laatste moment stapte hij naar achteren. Hij draaide zich om, zag Spriet, en grijnsde breed. Het was een vreemd gezicht, want gewoonlijk keek het heertje ernstig. Hij had dan ook geen enkele lachrimpel, alleen lijnen in zijn voorhoofd van het vele fronsen.

Maar deze meester Mandus huppelde, danste, maakte sprongetjes, gooide zijn armen in de lucht, trok gekke bekken, en riep toen met een vreemde, hoge stem: 'Kullaria! Kullaria!'

Spriet keek verbijsterd naar deze vreemde toeren. 'Professor?' vroeg hij onzeker. 'B-bent u dat?'

Meester Mandus kwam naar hem toe gedanst en gehuppeld. 'Wat geweldig om weer een lichaam te hebben!' riep de stem van Antonia. 'Ik was helemaal vergeten hoe dat voelt. Een beetje log en houterig,

dat wel, maar wat héérlijk om weer te kunnen dansen en springen!'
'Dus het is gelukt?'

Meester Mandus knikte en Antonia antwoordde: 'Ja, het is gelukt. Je had gelijk, jonkie. Knap werk!'

'Mooi,' zei Spriet. 'Dan moeten we nu zo gauw mogelijk juffrouw Mirabelle zien te vinden, voordat die Zwarterik haar… nou ja, voordat hij iets ergs met haar doet.' Hij knikte naar een stel bomen, een eindje verderop. 'Daar heb ik d'r voor het laatst gezien.'

'Dan gaan we die kant op,' zei Antonia beslist. 'Maar eerst moet ik even wat regelen.' Ze stak twee vingers in haar mond en er klonk een schril fluitje. 'Hier komen, allemaal!'

Het volgende moment kwamen de Zoekende Zielen van alle kanten naar hen toe zweven.

Hendrik arriveerde als eerste. Vragend keek hij van meester Mandus naar Spriet. 'Waar is Antonia? Ik hoorde haar toch net roepen?'

'Ik ben hier,' zei Antonia. Terwijl de Zoekende Zielen zich verwonderd om hen heen verzamelden, legde ze uit wat er gebeurd was.

Geertrui slaakte een kreet. 'Meid, je hebt weer een lichaam!'

'Maar Antonia,' riep de bleke jongedame ontsteld. 'Je bent een… een mán geworden!'

'Stel je niet aan, Ottilie,' zei Antonia. 'Bovendien is het maar tijdelijk. Zodra we dit jonkie hebben geholpen…'

'Ik heet Spriet,' zei Spriet.

'Ook goed. Zodra we dit jonkie dus hebben geholpen, ga ik er weer uit.'

Hendrik keek haar fronsend aan. 'Als je dat dan nog lukt…'

'Dat zien we tegen die tijd wel weer.' Antonia zette haar handen in haar zij. 'Ik wil dat jullie je verspreiden en het woud in de gaten houden. Intussen gaan wij op zoek naar Spriets vrienden. Als jullie de Zwarte Jager zien, waarschuwen jullie ons meteen. En als ik jullie nodig heb, fluit ik weer hard op mijn vingers. Begrepen?'

De Zoekende Zielen knikten en zweefden alle kanten op.

'Kom,' zei Antonia. In de gedaante van meester Mandus beende ze vastberaden naar het groepje bomen toe. Spriet holde achter hem aan.

Maar bij de bomen was geen spoor van Mirabelle te bekennen.

'Ze is toch niet zomaar in rook opgegaan?' zei Spriet.

'Alles kan,' zei Antonia. 'Zwarterik is een tovenaar.'

'Maar hoe vinden we haar dan ooit terug?'

'We hebben iemand nodig die ons naar Zwarterik kan leiden.' Antonia fronste haar wenkbrauwen en even leek het of meester Mandus weer zijn oude zelf was. 'En er is er maar één die dat kan doen...'

Spriet trok wit weg. 'Toch niet...?'

'Inderdaad.' Antonia knikte ernstig. 'De Zwarte Jager.'

'Maar dat is levensgevaarlijk!'

Antonia ging verder alsof Spriet niets had gezegd. 'Zodra we de Zwarte Jager hebben gevonden, moeten we hem ongemerkt volgen. Vroeg of laat voert hij ons naar Zwarterik.'

'Maar als wij hem volgen, merkt-ie dat meteen. Dan veranderen we van jager in p-prooi!'

'Daarom laten we hem ook volgen door de Zoekende Zielen, die kunnen zich geruisloos verplaatsen en ze zijn reukloos.'

Spriet verstijfde.

'Kom jonkie, verman jezelf!' zei Antonia streng.

'Achter u!' De jongen wees met trillende vinger.

Antonia draaide zich om en haar mond viel open.

Ze hoefden de Zwarte Jager niet meer te zoeken, ze waren zojuist door hem gevonden.

'Een open geest?' Mirabelle keek de monnik vragend aan. 'Wat bedoelt u daarmee?'

'Iemand met fantasie, véél fantasie. Iemand die gelooft in dingen waar anderen niet in kunnen of willen geloven. Iemand die dingen bedenkt waar anderen niet op zouden komen. Iemand die een enorme burcht ziet waar anderen slechts een wankel muurtje ontwaren.'

'En dat ben ik?'

De ander knikte.

Op hetzelfde moment zag Mirabelle de schaduw van de monnik veranderen. Even meende ze op de muur achter hem het silhouet van een
kromme man te zien. De kaars flakkerde en de gestalte was weer verdwenen, maar het vreemde beeld prikkelde haar geheugen. Er was iets,
dacht ze, iets waar ik aan moest denken. Maar haar gedachten waren
als een tak onder een dikke laag ijs - dichtbij en toch onbereikbaar.

'Zou je dat ook willen kunnen?' vroeg de monnik.

Mirabelle schrok overeind. 'Wat?'

'Dit bijvoorbeeld.' Hij knipte weer met zijn vingers.

Ze bevonden zich in een kathedraal. Het plafond was zo hoog, dat
Mirabelle niet kon zien waar het ophield. 'Oooooooh!' riep ze uit.
Haar kreet weergalmde door het reusachtige bouwwerk.

'En wat dacht je hiervan?' Nog een vingerknip.

Nu stonden hun stoelen op een brug die een ravijn overspande. Onder
hen klonk een donderend geraas.

Mirabelle ging staan en liep naar de rand van de brug. Toen ze omlaag
keek, werd ze draaierig. Ze klemde haar handen om de leuning. Onder
haar stroomde een enorme waterval een onpeilbare diepte in. Ze opende haar mond, maar het neerstortende water maakte zo'n lawaai dat
ze zichzelf niet eens kon verstaan.

Een vingerknip en ze waren weer terug.

De waterval raasde nog na in Mirabelles oren, terwijl ze de monnik
met open mond aanstaarde. 'U... u bent een tovenaar!'

Hij boog zich naar haar toe en sprak hees: 'Ik vraag je opnieuw, zou je
dat ook willen kunnen?'

Mirabelle schoof een eindje achteruit. 'Rovers tevoorschijn toveren,
bedoelt u? Watervallen, kathedralen?'

De monnik hief zijn ruwe handen op. 'Wat je maar wilt...'

'Ik... ik hoef het maar te bedenken en... het gebeurt?'

De ander knikte.

Mirabelles ogen begonnen te glinsteren. 'En wat moet ik daarvoor doen, meneer eh...?'

'Zwarterik,' sprak de gedaante in de pij. 'Je mag me heer Zwarterik noemen.'

'Is het moeilijk, heer Zwarterik?'

Er klonk een kakellachje uit de kap. 'Integendeel, het is doodeenvoudig...'

'Mirabelle, nee!' riep meester Mandus vanaf het plafond.

Maar Mirabelle leek hem niet te horen. Vol verwachting keek ze naar Zwarterik, die zijn handen hief.

Zonder erbij na te denken, dook meester Mandus omlaag en zweefde om het meisje heen. 'Hij heeft je betoverd!' riep hij, 'gehypnotiseerd, weet ik veel... Niét naar hem luisteren! Je zult jezelf verliezen!'

Mirabelle sloeg met haar handen in de lucht, alsof ze een lastig insect wilde afweren.

'Mirabelle!'

Zwarterik lachte onaangenaam. 'De schone maagd hoort u niet. Blind en doof is ze voor uw smeekbeden. U bent lucht voor haar!' Hij spreidde zijn vingers en prevelde: 'Cthulu, abraxas, mihali...'

Meester Mandus hield zijn hart vast. Zo dadelijk werd Mirabelles geest, of wat het ook was, losgemaakt van haar lichaam. Maar wat was die valse monnik ermee van plan?

Nu moest hij hulpeloos afwachten wat er zou gebeuren. Hij hield het meisje gespannen in de gaten, maar zag nog niets verschijnen. Was de bezwering mislukt? Misschien omdat Zwarterik de spreuk in omgekeerde volgorde uitsprak?

Toen gebeurde er iets onverwachts. In plaats dat Mirabelles geest onttrokken werd aan haar lichaam, begon er zich iets los te maken uit de monnik. Verbijsterd zag meester Mandus hoe een doorzichtige schim zich afscheidde van de man in de pij - de schim van een stokoude, kromgebogen man met een kaal hoofd. De man van de schaduw!

De gedaante droeg een lange, versleten mantel en om zijn nek hing een ketting van dierenbotjes. Toen hij zich helemaal had losgemaakt van de monnik, viel deze als een lappenpop voorover op de tafel.

Mirabelle was onbeweeglijk blijven zitten.

De oude man zweefde nu op gelijke hoogte met meester Mandus. 'Bent u heer Zwarterik?' vroeg hij bedremmeld.

'Inderdaad.'

'Wat hebt u met Mirabelle gedaan?'

Zwarterik spreidde zijn vingers. 'Een eenvoudige bezwering, anders niets.'

'Dat zegt u,' mompelde meester Mandus. 'Wat wilt u met haar doen?'

'Na al die eeuwen heb ik in haar een geestverwant gevonden, iemand met wie ik mij blijvend kan verbinden.'

'Een geestverwant?' Meester Mandus keek geschokt. 'Mirabelle? Hoezo?'

Zwarterik glimlachte toegeeflijk. 'Ik verwacht niet dat u daar ook maar iets van begrijpt. Zij wordt mijn nieuwe gedaante, zodra haar geest en de mijne zijn versmolten. Dan kan ik eindelijk dit vervloekte woud verlaten en de wereld laten kennismaken met mijn macht!'

Zijn ijle schim rekte zich uit alsof hij van rubber was. Onmogelijk lange armen reikten naar het weerloze meisje in de stoel.

Terwijl Zwarterik zich ieder moment meester kon maken van Mirabelle, bedacht meester Mandus een plan. Een onzinnig plan, iets wat hij tot een uur geleden nooit voor mogelijk had gehouden. Maar nu leek alles mogelijk. Hij moest Mirabelle beschermen. Maar zo, zwevend in de lucht, kon hij niets voor haar betekenen. Toen viel zijn oog op het levenloze lichaam van Ischias. Stel dat… Nee, geen tijd om daarover na te denken. Dóén moest hij! En voor het eerst van zijn leven deed meester Mandus wat zijn hart hem ingaf.

Hij daalde af van het plafond, rechtstreeks naar Ischias. Eerst leek het alsof hij door hem heen zou glijden, maar toen was het of er iets op zijn plaats klikte; zijn ziel versmolt met het lichaam van de koetsier.

Zijn geest gaf opdracht de vingers van Ischias' handen te bewegen. Ze bewogen. Sta op, dacht hij. En hij voelde hoe Ischias' bovenlichaam zich oprichtte van het tafelblad en zijn voeten vaste grond vonden. Alles werkte! Wel was dit lichaam een stuk ouder dan het zijne; de ledematen waren strammer en hier en daar voelde hij vage pijntjes. De kwaaltjes van een oude man.

Dit alles vond plaats in een paar tellen. Het volgende moment stond hij op als Ischias en deed met krakende knieën een uitval naar Mirabelle. Met een grote krachtsinspanning duwde hij haar met stoel en al opzij en Zwarteriks schim dook in het luchtledige.

'Erg slim voor zo'n dom iemand,' gromde de magiër. 'U hebt het enige foutje ontdekt in mijn ont-zielingsspreuk - uitgetreden zielen kunnen niet alleen terug in hun eigen lichaam, maar ook in dat van anderen. Maar u zult uw slimheid duur bekopen!' Hij schoot op meester Mandus af en blauwe stralen bliksemden uit zijn vingers.

Op dat moment zwaaide de deur open en Zwarteriks aandacht werd een fractie van een seconde afgeleid. Meester Mandus dook weg, de stralen ketsten af op de muur achter hem en losten op in het niets.

Toen stond meester Mandus oog in oog met zichzelf.

12
WIE IS WIE?

'Daar ben ik weer!' riep meester Mandus uit. 'Wat heerlijk om mezelf weer terug te zien! Maar... wie zit er in mij?'

De meester Mandus in de deuropening fronste zijn wenkbrauwen. 'Ik ben Antonia, een van de Zoekende Zielen. Wie bent u?'

De echte meester Mandus sloeg zijn kap naar achteren. 'Ik ben...'

'Da's Ischias, mijn baas!' riep Spriet, die achter Antonia opdook. 'En daar is juffrouw Mirabelle!'

'Helaas moet ik dit heugelijke weerzien ruw onderbreken,' sprak Zwarterik kil. 'Ditmaal zul je mij niet meer ontgaan, schone maagd. Jij en ik, spoedig zijn onze zielen één!'

Iedereen keek omhoog en op hetzelfde moment schoot de schim van de kale, kromme man naar Mirabelle.

'Wie... wat... is dat?' vroeg Spriet.

'Zwarterik!' zei Antonia. 'En hij gaat haar ziel roven.'

'Neeeeeeeeeeeeeeeeeeeeeeeeeeeeeeeeeej!!' gilde Spriet. Vlak voordat de schim Mirabelle raakte, dook de jongen tussen hen in.

In een explosie van blauwe bliksems versmolt Zwarteriks gestalte met Spriet. Hij zakte ineen op de grond en bleef roerloos liggen.

'Spriet!' riep Antonia. Ze wilde op hem toesnellen, maar de gedaante van Ischias hield haar tegen.

'Weg!' zei meester Mandus. 'We moeten hier zo ver mogelijk vandaan zijn voordat hij weer bijkomt!'

'Maar we kunnen hem toch zo niet laten liggen? Helemaal alleen?'

'Als we nu niet vluchten, heeft die Zwarterik ons straks allemaal in zijn macht. Dan kunnen we niks meer voor de jongen doen.' Meester Mandus sleurde Mirabelle uit haar stoel en trok haar mee naar buiten.

Maar ver kwamen ze niet, want buiten voor de deur wachtte de Zwarte Jager, met geheven zwaard.

'Oeps,' zei Antonia. 'Die was ik even vergeten…'

'Meester Mandus?' zei Mirabelle. 'Ischias?' Ze klonk slaperig, alsof ze net wakker was geworden. 'Wie is dat?'

'De Zwarte Jager,' fluisterde Antonia. 'Hij is de knecht van Zwarterik.'

'Heer Zwarterik?' Mirabelle wreef in haar ogen en keek verbaasd op. 'Da's gek. Ik heb net over hem gedroomd. Hij zou me leren toveren…'

'Het was geen droom,' zei meester Mandus. 'Zijn ziel wou bezit nemen van je lichaam en je geest.' Hij wierp een onzekere blik op de ruiter, die hen roerloos aanstaarde.

Mirabelle keek Ischias verward aan. 'Bezit nemen van mijn lichaam en geest? En waarom klink je als meester Mandus?'

'Omdat ík in het lichaam van Ischias zit.'

'Maar waar is Ischias dan? En hoe kunt u…'

'Straks!' siste haar voogd.

Opeens liet de Zwarte Jager zijn wapen zakken, alsof het hem te zwaar werd. Tegelijk leek zijn formidabele gestalte te krimpen. 'Mijn meester,' prevelde hij. 'Waar is mijn meester? Ik hoor hem niet meer…'

Meester Mandus en Antonia keken elkaar met grote ogen aan.

Die stem… hadden ze het goed gehoord?

Mirabelle liep voorzichtig op de Zwarte Jager af.

'Niet doen!' siste meester Mandus.

'Kijk uit!' riep Antonia.

Maar het meisje ging verder, voetje voor voetje, alsof ze balanceerde op een dun koord boven een afgrond. Toen stond ze vlak voor de ontredderde ruiter, die nu nauwelijks groter leek dan zij. 'Wie ben je?' vroeg ze vriendelijk.

'Een knecht. Ik leef om te dienen en doe wat mijn meester mij opdraagt. Maar nu… nu zwijgt zijn stem.'

'Dit bevalt mij niks,' mompelde meester Mandus.

'Mij ook niet,' fluisterde Antonia. 'Is het een valstrik?'

'Geen idee, maar ik stel voor dat we ervandoor gaan. Mirabelle!'

Maar het meisje had alleen oog voor de Zwarte Jager. 'Wil je graag weten wie je werkelijk bent?'

'Heb ik dan een naam?'

'Iedereen heeft een naam,' zei Mirabelle. 'Maar laten we eerst dit griezelige ding eens weghalen.' Ze bracht haar hand vlak bij de beulskap en stond op het punt het masker weg te trekken.

'Grijp haar!' klonk het opeens.

Mirabelle draaide zich om. Daar stond Spriet. Hij was ook naar buiten gekomen en wees naar haar met een beschuldigende vinger.

'Spriet? Wat is er met je? Je klinkt zo vreemd, en wat kijk je raar uit je ogen.' Verward keek ze naar meester Mandus en Ischias. 'En jullie klinken ook al niet als jezelf. Wat is er toch aan de hand?'

'Dat is Spriet niet!' riep meester Mandus. 'Zwarteriks ziel heeft per ongeluk bezit van de jongen genomen toen Spriet jou probeerde te redden.'

Spriet grijnsde vals. 'En die vergissing ga ik nu ongedaan maken,' sprak hij met de stem van Zwarterik.

'Meester?' zei de ruiter verbaasd. 'Bent u dat werkelijk? U klinkt zo… zwak.'

'Dat komt door deze nietige gestalte,' sprak Zwarterik. 'Deze lafhartige geest. Mijn grootsheid is te krap behuisd.'

'Lafhartig?' Mirabelle zette haar handen in haar zij. 'Hoe dúrft u Spriet zo te noemen!'

'Grijp haar!' riep Zwarterik opnieuw.

Aarzelend deed de Zwarte Jager een stap in de richting van Mirabelle.

'Meidje, wegwezen!' riep Antonia.

Maar Mirabelle bleef waar ze was.

'Waar wacht je nog op, ongehoorzame dienaar!'

'Ze zou me zeggen wie ik… wie ik ben,' prevelde de Zwarte Jager.

'Niemand ben je,' klonk het bars. 'Gehoorzaam!'

'Luister niet naar hem,' zei Mirabelle. 'Je bent geen knecht. Voordat je in zijn macht was, was je iemand anders.'

'Wie?' klonk het verloren.

Mirabelle reikte opnieuw naar de beulskap en trok hem weg.

'Ooooh…' Antonia en meester Mandus sloegen een hand voor hun mond.

De Zwarte Jager was een vrouw.

Een meisje nog, ongeveer zo oud als Mirabelle. Ze had lang zwart haar en dromerige blauwe ogen, die Mirabelle verward aankeken. 'Weet jij wie ik ben?'

Mirabelle knikte opgewonden. 'Ik heb jouw portret gezien!' riep ze uit. 'In een kamer vol kaarsen. In een herberg.'

'De Vrolijke Papegaai?' vroeg meester Mandus. 'Komt ze daar vandaan, Mirabelle?'

Weer knikte ze. 'De Zwarte Jager is de

verdwenen dochter van de herbergier. Op een ochtend ging ze paddenstoelen plukken. Ze belandde in het Verboden Woud en toen moet
heer Zwarterik haar hebben gevonden.'

'De Vrolijke Papegaai...' prevelde het meisje voor zich uit. 'Een herberg...' In haar ogen schemerde herkenning. 'Het Verboden Woud....
Zulke mooie paddenstoelen... diep in het woud... steeds verder...
steeds mooier... Toen een schaduw... boven mij, die... bezit van mij
nam...'

'En toen?' vroeg Mirabelle ademloos.

'Zwijg!' beval Zwarterik. 'Of je zult het berouwen!'

Griselda ging onverstoorbaar verder. 'Ik werd een kille knecht.' Ze huiverde en nu rolden de woorden uit haar mond. 'Ik speelde op de toverfluit en lokte dorpelingen voor mijn heer, die op zoek was naar een
nieuw lichaam en een geschikte geest om mee te versmelten. Tegelijk
wilde ik ze waarschuwen, wegjagen, maar ik was een marionet en
mijn meester trok aan de touwtjes.' Ze keek smekend naar Mirabelle.
'Toe, zeg me hoe ik heet!'

'Gehoorzaam, knecht!' Spriet spreidde zijn vingers, maar ditmaal verschenen er geen blauwe vonken. Er verscheen helemaal niets.

'Wat is er gebeurd?!' vroeg Mirabelle.

'Ik denk dat het jonkie zich tegen Zwarteriks ziel verzet,' zei Antonia.
'Kijk maar naar zijn gezicht...'

Spriet keek strak voor zich uit, geconcentreerd, alsof hij al zijn krachten moest inspannen.

Op dat moment trok het meisje aan Mirabelles mouw. 'Zeg mij hoe ik
heet!' herhaalde ze op dringende toon.

'Je naam is Griselda,' zei Mirabelle, met een schuin oog op Spriet.

'Griselda,' herhaalde het meisje. Ze leek de naam te proeven op haar
tong. 'Ja, zo heette ik.'

'Zo heet je nog steeds, Griselda.'

'Wat wonderlijk om die naam weer te horen, na al die jaren,' zei het
meisje zacht. Ze keek Mirabelle aan en haar ogen stonden nu helder.

'Ik wil terug… Terug naar huis.'

'Dat gebeurt ook, Griselda,' beloofde Mirabelle. Bezorgd keek ze naar Spriet.

De jongen was nog steeds aan het staren, alsof hij heel hard probeerde ergens aan te denken. Of juist ergens niet aan te denken. Er kwam geen woord over zijn lippen. Hij knipperde zelfs niet met zijn ogen.

'Ik vraag me af wat er zich nu in zijn hoofd afspeelt,' zei meester Mandus.

'Zijn wangen worden helemaal rood,' zei Mirabelle geschrokken. 'Moeten we niet iets doen?'

'We kúnnen niets doen, meidje,' zei Antonia. 'Ik ben bang dat Spriet dit alleen moet oplossen.'

13

DE KRACHTMETING

Het bonkte in Spriets brein. Vreemde, akelige gedachten spookten door zijn hoofd, over macht en toverij, dood en verderf. En een stem als van een slang, vol venijn, probeerde zijn geest te vergiftigen. Tegelijk voelde hij door zijn binnenste vreemde krachten kolken, die zijn vingers deden tintelen en hem beurtelings gloeiend heet en ijskoud maakten. Maar het deerde hem niet. Op de een of andere manier was hij onkwetsbaar geworden.

Dit is onmogelijk, prevelde Zwarterik in zijn hoofd. *Een nietige geest die mijn onvoorstelbare krachten beteugelt! Laat me eruit, zodat ik mijn geest een geschikter verblijf kan verschaffen.*

Neeeeej!

Dan zal ik je sparen. Het klonk bijna als een smeekbede. *Waar put je deze kracht toch uit?*

Spriet haalde in gedachten zijn schouders op. *Ik wil gewoon dat u van juffrouw Mirabelle afblijft.*

Spriet zag de bezorgde gezichten naar hem kijken. Juffrouw Mirabelle stond zo dichtbij dat hij haar kon aanraken. Maar hij moest zijn hoofd erbij houden. Het verzet tegen Zwarterik nam hem zo in beslag, dat hij nog geen vinger naar haar kon uitsteken, laat staan hardop iets tegen haar zeggen.

Opeens klonk er een spottend lachje. *Je hebt de schone maagd lief,* sprak de magiër op tartende toon. *En daar komt deze kracht vandaan.*

Nietes! sputterde Spriet tegen.

Werkelijk? zei Zwarterik. *Ik hoop dat je gelijk hebt, want je maakt geen schijn van kans. Denk je nu echt dat zo'n voorname juffer je ziet staan? Je hebt geen geld, geen titel. Je stelt niets voor.*

Maar ze maakte zich zorgen om mij! riep Spriet. *Ze wilde me zelfs helpen om Ischias te vinden.*

Alleen omdat ze hier weg wilde en daarvoor de koetsier nodig had, zei
Zwarterik. *Ze heeft je gebruikt.*

Had Zwarterik gelijk? Nooit eerder had iemand als juffrouw Mirabelle
zich om hem bekommerd. Waarom zou het nu ineens anders zijn? Hij
liet zijn schouders hangen. *Hoe weet u dat zo zeker?* vroeg hij dof.

*Ik heb in haar ziel gekeken. Het is allemaal list en bedrog. De juffer denkt enkel
aan zichzelf.*

Twijfel knaagde aan Spriet en hij voelde zijn greep op de tovenaar ver-
slappen.

'Kijk!' Mirabelle wees op Spriet.

Hij knipperde met zijn ogen en strekte zijn armen naar haar uit.
'Juffrouw Mirabelle!'

'Spriet!' Ze rende naar de jongen toe en sloeg haar armen om hem
heen.

Toen pas zagen ze zijn schaduw - die van een oude, kromme man...

'Mirabelle!' riep Antonia. 'Wegwezen!'

Maar het was al te laat. Uit Spriets rechterhand schoten blauwe blik-
semstralen, die zich als touwen om Mirabelles armen en benen wik-
kelden tot ze zich niet meer bewegen kon.

'Wat is er met Spriet gebeurd?' vroeg ze, terwijl ze moeite deed om overeind te blijven. 'Wat hebt u met hem gedaan?'

'Ik heb de knaap op andere gedachten gebracht.' Zwarterik lachte hees. 'Hetzelfde wat ik nu met jou ga doen...'

'Daar komt niets van in!' brulde meester Mandus. Hij wilde naar voren duiken en zich op Spriet werpen, maar vergat dat het stramme lijf van Ischias hierop niet berekend was, en struikelde.

Op hetzelfde moment bliksemde een straal uit Spriets linkerhand, waardoor meester Mandus halverwege zijn val in de lucht bleef hangen.

Antonia wilde van de verwarring gebruikmaken en Zwarterik van een andere kant belagen. Hij had haar echter in de gaten en reageerde razendsnel. De straal die meester Mandus gevangenhield, splitste zich en versteende haar op het moment dat ze haar uitval deed.

'Kijk eens aan,' sprak de magiër spottend, 'twee fraaie standbeelden om mijn tuin op te sieren!' Hij richtte zich weer tot Mirabelle en keek haar aan met zijn fonkelende ogen. 'En nu ben jij aan de beurt...'

Als van heel ver had Spriet gezien hoe juffrouw Mirabelle zich had losgerukt en op hem toe was gerend, recht in zijn armen. Alleen waren het nu niet zíjn armen, maar die van de magiër.

Zwarterik heeft ons om de tuin geleid, dacht hij. En dat is mijn schuld. Ik had niet moeten luisteren naar zijn praatjes en vertrouwen moeten hebben in juffrouw Mirabelle. We zijn verloren. Er is niets meer aan te doen.

Was dat echt zo?

Spriet schudde in gedachten het hoofd. Nee. Zolang Zwarterik nog in zijn lichaam zat, had hij een kans om hem tegen te houden. Wat er ook gebeurde, die ellendige tovenaar bleef van juffrouw Mirabelle af! Heviger dan eerst kolkten de magische krachten door zijn lichaam. Het was alsof hij zich uit een afgrond omhoog moest worstelen tegen een waterval in. Hij moest de ziel van Zwarterik bereiken, voordat deze zijn lichaam verliet, en hem overmeesteren. Spriet had geen idee hoe hij dat moest doen. Dat zie ik wel als het zover is, dacht hij.

'Cthulu, abraxas, mihali…' Opnieuw begon Zwarterik de spreuk in omgekeerde volgorde op te zeggen.

Algauw voelde Spriet dat de magiër uit hem weg begon te glippen. Juffrouw Mirabelle, dacht hij, ik moet aan haar denken! Dat geeft me de kracht om me tegen Zwarterik te verzetten. Juffrouw Mirabelle geeft wél om mij. Ze denkt heus niet alleen aan zichzelf, want ze kwam naar me toe om mij te troosten. Zwarterik is de leugenaar!

'Juffrouw Mirabelle, ik kom u helpen!' Zijn stem, hij had zijn stem weer terug!

Een spottend lachje was het antwoord. 'Te laat, onnozele knaap. Je liefje is niet meer te redden. Kijk!'

Spriet keek en het werd hem koud om het hart.

Boven hem zweefde de gekromde gestalte van de tovenaar. Hoewel zijn schim zich voor een deel nog in Spriets lichaam bevond, klauwden zijn handen al naar Mirabelle en verdwenen in haar hoofd.

'Zeg haar vaarwel! En verwelkom Zwarterik!'

'Neeeeeeeej!!' gilde Spriet.

Spriet? klonk het verwonderd in zijn gedachten.

Juffrouw Mirabelle? Wat… wat doet u in mijn hoofd?

Hè? Ik dacht dat jij in mijn hoofd zat.

Hoe k-kan dit? hakkelde Spriet.

Mirabelle was even stil. *Zwarterik,* zei ze toen. *Doordat zijn ziel nu zowel in jou als in mij zit, zijn we met elkaar verbonden. Daardoor kunnen we denk ik in onze gedachten met elkaar praten. En als we zo met elkaar kunnen praten, kunnen we misschien ook samen…*

'Zwijg!' gebood Zwarterik hardop. 'Zwijg onmiddellijk! Of ik…'

'Of wat?' zei Mirabelle nu ook hardop. 'Je kunt geen kant meer uit, tovenaar, we hebben je in de tang!'

'Dom schepsel, dacht je werkelijk dat je mij…' Zwarterik zweeg abrupt toen hij merkte dat hij zich niet meer van Mirabelle kon losmaken. 'Wat… wat gebeurt hier?' prevelde hij.

'Spriet!' siste Mirabelle, 'laat hem niet gaan! Ik denk aan jou, denk jij aan mij. Tegen ons tweeën kan hij niet op.'

Spriet begreep wat ze bedoelde. 'Komt voor elkaar, juffrouw Mirabelle!' De bezorgdheid die hij in Mirabelles geest voor hem had gevoeld, gaf hem de kracht die hij nodig had. Hoe de magiër ook woelde en wrikte, hij kreeg zijn benen niet vrij.

'Stop!' sprak Zwarterik benauwd. 'Jullie verstikken me met je gevoelens!'

Omdat Zwarterik nu al zijn kracht gebruikte om zich aan Mirabelle en Spriet te ontworstelen, verdwenen de blauwe toverstralen die Mirabelle, meester Mandus en Antonia gevangen hadden gehouden. Bevrijd uit hun verstarring, vielen Mirabelles voogd en Antonia op de grond. Ze krabbelden overeind en keken met grote ogen naar het tafereel dat zich voor hen afspeelde.

'Cthulu, abraxas, mihali, zodholi, ispahan…' mompelde de magiër moeizaam, in een nieuwe poging los te komen. De schim van de oude, kale man sloot zijn ogen in concentratie. 'Cthulu, abraxas, mihali, zodholi, ispahan… Cthulu, abraxas, mihali…'

Meester Mandus plukte peinzend aan een denkbeeldig sikje en fluisterde toen opgewonden: 'Maar nu begrijp ik het!'

'Wat begrijpt u?' fluisterde Antonia.

'Waarom hij dat versje andersom opzegt. Zo tovert hij niet de ziel van een ander tevoorschijn, maar die van zichzelf!'

'Interessant,' zei Antonia. 'Maar we kunnen nu beter gaan bedenken hoe we het jonkie en het meidje kunnen helpen. Dit houden ze niet eeuwig vol.' Ze knikte naar Zwarteriks schim. 'Ik heb het!' riep ze. 'Ik weet hoe we dat kunnen doen! Dat ik daar niet eerder aan heb gedacht!' Ze floot hard op haar vingers.

Meester Mandus begreep er niets van. 'Wat doet u nu?'

Er verscheen een brede grijns op het gelaat van de meester Mandus naast hem. 'Wacht maar af,' zei Antonia geheimzinnig.

Even later verschenen de Zoekende Zielen. Angstig zweefden ze dichterbij en bleven toen een eindje achter Antonia hangen.

'We konden de Zwarte Jager nergens vinden,' begon Ottilie.

Antonia knikte naar Griselda. 'Klopt. Die zit daar.'

'De Zwarte Jager? Dat meisje?'

'Leg ik nog wel uit,' antwoordde Antonia kortaf.

Ottilie sloeg geschrokken een hand voor haar mond. 'Zwarterik!'

'Wat zijn ze aan het doen?' vroeg Geertruida, die fronsend het vreemde schouwspel gadesloeg.

Antonia haalde haar schouders op. 'Dat weet ik ook niet precies,' bekende ze. 'Maar op de een of andere manier houden ze hem met hun gevoelens voor elkaar in bedwang. Daar kan hij niet tegenop.'

'Gevoelens?' herhaalde Hendrik alsof het een vies woord was.

Ottilie haalde nuffig haar neus op. 'Laat maar, Hendrik. Daar heb je toch geen verstand van.'

Hendrik richtte zich tot Antonia. 'Wat wil je dat we doen? Ik neem aan dat je ons niet zomaar hebt laten komen.'

'Klopt.' Ze keek alle Zoekende Zielen een voor een aan. 'Voor deze ene keer mogen jullie zeuren, zaniken, jammeren en weeklagen zoveel je wilt. En zo hard als je kunt. Dan kan Zwarterik z'n toverspreuk niet meer opzeggen. En als hij z'n spreuk niet kan opzeggen, kan hij ook niet loskomen van die twee.'

Hendrik friemelde aan zijn krulsnor. 'Ik begrijp er niet veel van, maar je zult wel weten waar je het over hebt. Kom! Ik val aan, volg mij!' Zijn omvangrijke gestalte zweefde naar Spriet en Mirabelle. Hij ging vlak boven de tovenaar hangen en begon uit volle borst te klagen.

Een voor een voegden de tientallen andere Zoekende Zielen zich bij hem en algauw klonk er een kakofonie van hoge en lage stemmen, schelle en dreigende stemmen, mannen- en vrouwenstemmen - jammerend en klagend, steunend en kreunend, zeurend en zanikend.

Alles bij elkaar klonk het zo ontzettend verschrikkelijk vreselijk dat Antonia, meester Mandus, Mirabelle en Spriet hun vingers vliegensvlug in hun oren propten en luidkeels begonnen te neuriën om het gejammer maar niet aan te hoeven horen.

Maar Zwarterik kon het gruwelijke geluid niet buitensluiten, zijn handen zaten nog steeds vast in Mirabelles lichaam. Keer op keer probeerde hij de spreuk op te zeggen, maar de herrie maakte het hem onmogelijk. Zijn gedaante kronkelde en wriemelde als een slang in doodsnood. 'Zwijg!'

'Doorgaan!' commandeerde Antonia.

Haar bevel was overbodig, want de Zoekende Zielen hadden de smaak te pakken. Nu ze zagen wat voor uitwerking hun optreden had op de magiër die hun zielen had geroofd, was er geen houden meer aan.

'Een lichaam!' kermde de magiër. 'Een lichaam voor mijn geest! Zoveel macht en toch zo machteloos...' Bijna smekend keek de magiër naar Spriet en Mirabelle. 'Geef mij één lichaam en ik laat jullie delen in mijn onvoorstelbare gaven...' Zijn stem stierf weg.

'Geen denken aan!' zei Antonia. 'We geloven je praatjes niet, Zwarterik. Je ziel is zo zwart als je naam. Je hebt lang genoeg lichamen geroofd. Verdwijn en keer nooit meer terug!'

Toen gebeurde het. Zwarteriks schim hing nog steeds boven Mirabelle en Spriet, maar vanaf beide kanten begon hij op te lossen in een gifgroene damp, die steeds verder uitwaaierde en zich door het Verboden Woud verspreidde.

'Zoveel macht...' prevelde hij. 'Zoveel...'

De tovenaar ging in rook op.

Niemand juichte. Zwijgend keken ze allemaal naar de merkwaardige mist die zich als een slang om takken kringelde, in de bomen omhoogkroop, en over de grond slingerde.

'We moeten bij elkaar blijven!' riep Antonia, toen flarden groene mist tussen haar en de anderen in begonnen te zweven. 'Zo dadelijk raken we elkaar nog kwijt!'

'En hoe wou je dat doen?' vroeg Hendrik.

'Iedereen geeft elkaar een hand,' zei ze gejaagd. 'En we gaan in een kring staan. Zo kan niemand gaan dwalen. De professor komt rechts van mij, Mirabelle weer naast hém, en dan Spriet... Zó ja. Spriet, geef jij Griselda een hand? Toe maar meidje, hij bijt je heus niet. Dan houd ik jouw hand vast. Goed zo. Nu is de cirkel compleet.'

'Da's mirakels mooi bedacht, Antonia,' zei Hendrik. 'Maar de Zoekende Zielen kunnen niks vastpakken, dus ook elkaar niet. We zijn van lucht. Of was je dat vergeten, nu je weer een lichaam hebt?'

'Het spijt me, Hendrik. Niet aan gedacht.' Antonia haalde haar schouders op. 'Weet jij iets?'

Hij schudde het hoofd. 'We kunnen alleen probe- ren bij elkaar te blijven.'

'En hopen dat het niet gaat stormen,' voegde Geertruida eraan toe.

'Storm?' jammerde Cornelis. 'Straks waaien wij met alle winden mee!'

'Dat deed jij toch al,' sneerde Ottilie.

Antonia wierp haar een strenge blik toe. 'Geen geruzie, alsjeblieft. We hebben al pro- blemen genoeg.'

De bleke jongedame keek haar pruilend aan. 'Pha! Jij hebt makkelijk praten. Jij hebt weer een lichaam.' Ze liet haar blik over de gestalte van meester Mandus gaan. 'Al zou ik persoonlijk iets anders hebben gekozen. Maar goed, smaken verschillen.'

Antonia negeerde haar. Bezorgd keek ze naar de mist, die steeds verder oprukte. De groene flarden regen zich in een hoog tempo aaneen. Nog even en alles en iedereen zou erin verdwijnen. Ze kon nu al meester Mandus bijna niet meer zien. Ze gaf een kneepje in zijn hand. Hij gaf een kneepje terug. 'Professor?' zei ze. 'Bent u daar nog?' Haar stem klonk door de mist vreemd gedempt, alsof er watten in haar oren zaten.

'Jazeker, mevrouw.'

'Houden zo,' sprak Antonia. 'En nu maar wachten tot de mist verdwijnt.'

'Wat is het voor iets?' klonk opeens de stem van Griselda.

'Ik vraag het me af,' zei Mirabelle. 'Is het een verschijningsvorm van Zwarterik?'

'Zwarterik is nu een gifgroene mist? Bedoelt u dat, juffrouw Mirabelle?'

'Inderdaad, Spriet. Of vindt u dat kullaria, meester Mandus?'

'Ik vind niets kullaria, Mirabelle,' verzuchtte haar voogd. 'Niet meer. Er is meer tussen hemel en aarde dan je in je stoutste dromen kunt bedenken. Zoveel is me inmiddels wel duidelijk geworden.'

'Maar... dan is hij overal!' riep Cornelis uit.

'Misschien wel,' zei Mirabelle. 'Maar erg veel macht zal hij niet meer hebben. Het lukte hem niet eens om zijn eigen vorm in stand te houden. Zijn geest waaiert uit, raakt verspreid.'

'En dat allemaal dankzij jou en Spriet,' zei Antonia. Er klonk een moederlijke trots in haar stem.

'En de Zoekende Zielen,' voegde Spriet eraan toe.

'Alles goed en wel,' sprak Hendrik ergens boven hen. 'Maar wat nu? Zwarterik is z'n macht kwijt, prachtig, maar dat betekent ook dat hij ons nu niet meer kan vrijlaten. We zitten vast in dit woud.'

De zielen begonnen weer te jammeren.

'En ik zit vast in dit aftandse lichaam, dat kraakt aan alle kanten,' prevelde meester Mandus. 'Oud vóór mijn tijd...'

'Wat denkt u van mij?' Antonia zuchtte diep. 'Ik zit vast in dat van u!'

'In elk geval hébt u weer een lichaam, mevrouw.' Meester Mandus klonk een tikkeltje gekwetst. 'Bovendien is het een lichaam dat mij al die jaren prima heeft gediend. En ik heb het altijd goed onderhouden.'

'Ik wil u niet beledigen, professor, maar als ik het mijne niet terug kan krijgen, word ik liever weer een van de Zoekende Zielen.'

Meester Mandus wilde hiertegen ingaan, maar zweeg toen hij iets vreemds voelde. Wacht eens, hij kénde dat gevoel. Alsof er een soort enterhaak in zijn ziel werd geslagen... O nee, dacht hij toen. Niet nog een keer! 'Help!' riep hij zwakjes. 'Het begint weer!'

'Wát begint weer, meester Mandus?' vroeg Mirabelle geschrokken.

'Help!' Ditmaal was het Antonia die riep.

'Wat... wat gebeurt er?' vroeg Spriet. 'Mevrouw Antonia? Professor?'

Meester Mandus voelde hoe zijn geest omhoog werd getrokken, als een kurk uit een wijnfles - na enig gewrik en gedraai schoot hij met een haast hoorbare plop uit het lichaam van de koetsier. Toen hij de lucht in ging, voelde hij naast zich een andere aanwezigheid. 'Wie is daar?'

'Ik.' Het was de stem van Antonia.

'Curieus,' prevelde meester Mandus. 'Wat kan hier achter zitten?'

Op dat moment braken ze door de bovenkant van de mist heen. Ze bevonden zich nu tussen de boomtoppen van het Verboden Woud. Om hen heen schoten de Zoekende Zielen onrustig heen en weer.

'Antonia!' riep Cornelis opgelucht. 'Je bent net op tijd! We hebben je iets heel belangrijks te...'

'En je hebt de professor bij je,' kwam Geertruida ertussen. 'Wat een enige verrassing!' Verlegen keek ze hem aan.

'Dit is geen gezellige theevisite, Trui!' zei Antonia geërgerd. 'Dit kan een laatste list zijn van Zwarterik. We moeten waakzaam blijven.' Ze draaide zich om naar meester Mandus. 'En wat zit u me aan te gapen, professor? Heb ik soms iets van u aan?'

Bedremmeld keek hij omlaag, waar de mist zich als een wattendeken onder hen uitstrekte. 'Nee, niet meer, mevrouw. Dat is het hem juist. Ik zie u nu voor het eerst in uw eh ware gedaante en...'

'Antonia,' onderbrak Hendrik hem ruw. 'We hebben iets ontdekt. Weet je dat we eerst niet verder konden zweven dan de hoogste toppen?'

Antonia zuchtte. 'Natuurlijk weet ik dat. Telkens hebben we geprobeerd om hierboven te ontsnappen. Maar elke keer dat we bij de boomtoppen kwamen, stootten we ons hoofd tegen een onzichtbare, ondoordringbare muur. Zwarterik heeft het woud aan alle kanten beveiligd.'

Hendrik grijnsde triomfantelijk. 'Moet je nu eens kijken!' Hij zweefde omhoog tot hij bij de allerhoogste boomtop was en bleef eventjes hangen. 'Hier was de onzichtbare grens, weet je nog?' Toen zweefde hij verder, tot hij zich een paar meter boven de bomen bevond. 'Zie je wel?'

'Hoe kan dat?' Antonia ging voorzichtig wat hoger zweven en toen nog iets hoger. Zonder moeite passeerde ze de boomtop en kwam naast Hendrik zweven. 'We kunnen het woud uit! We zijn vrij! Maar hoe...'

Hendrik knikte naar de boomtoppen om hen heen. 'Valt je niks op?'

Opeens zag ze het. De bladeren aan de hoogste takken waren aan het vergelen. Het gebeurde waar ze bij hing. Vervolgens werden de bladeren vaalbruin, verdorden en dwarrelden omlaag. Het wonderlijke verschijnsel verplaatste zich in een rap tempo naar de takken eronder.

'Het woud is aan het doodgaan,' begreep Antonia, 'doordat Zwarterik zijn macht kwijtraakt...' Ze keek naar meester Mandus. 'Maar waarom zijn onze zielen dan bevrijd uit de lichamen waar ze in zaten?'

'Omdat ze er niet in thuishoorden?' zei Hendrik.

Antonia knikte. 'Dat moet het zijn. Nu Zwarteriks macht tanende is, worden alle veranderingen ongedaan gemaakt. Maar waarom is de professor dan hier en niet terug in zijn eigen lichaam?'

Ze had het nog niet gezegd of meester Mandus suisde als een raket omlaag, dwars door de groene wattendeken, en kwam met een plof terecht in... Ja, waarin? Met de dichte mist viel dat moeilijk te zeggen.

'Wat was dat?' vroeg Spriet. 'Is daar iemand?'

'Ik ben het. Ik ben weer terug. Geloof ik.'

'Meester Mandus?' zei Mirabelle.

'Knijp eens in mijn hand,' vroeg hij. 'De hand van Ischias, bedoel ik.'

'Auw!'

'Meester Mandus?'

'Dat was ik niet, Mirabelle, dat was...'

'Ischias!' riep Spriet.

'Ischias?' riep Mirabelle verrast. 'Ben je er weer? Maar waar kom je vandaan? Waar was je ziel al die tijd?'

'Mijn ziel? Ik... ik heb geen idee,' stamelde de koetsier. 'Ik herinner me niks meer sinds... sinds ik op zoek was naar de paarden en iemand... iets mij beetpakte. Waar ben ik? En wat is dit voor rare mist?'

'Later, voerman,' sprak meester Mandus kortaf. 'Mirabelle, eerst wil ik nog iets anders controleren. Knijp eens flink in de hand links van jou. Die van mijn eigen lichaam.'

'Zo, bedoelt u?' Mirabelle kneep.

'Aaauw!'

'Meester Mandus, u hebt uw eigen lichaam weer terug!' riep Mirabelle blij. 'Maar... waar is mevrouw Antonia dan gebleven?'

'Die zweeft weer bij de Zoekende Zielen. En er is nog wat...'

Maar voordat hij zijn zin kon afmaken, klaarde het plotseling op. Alsof er een standbeeld werd onthuld, zakte de gifgroene mist razend-snel omlaag langs de bomen en de kring mensen, en verdween.

Met knipperende ogen keken Mirabelle en de anderen elkaar aan, alsof ze niet konden geloven wat er gebeurd was. Na een tijdje keken ze om zich heen en hun verbazing werd nog veel groter.

'Oooh!' riep Spriet. 'Moet je kijken!'

Het Verboden Woud was niet langer groen. De bomen waren kaal,

krom en knoestig. Ze schuilden in groepjes bij elkaar en klauwden met hun takken naar de hemel. Wind ritselde in dor gras met sprieten scherp als een mes. Nergens was een groen blad te bekennen.

'Nu Zwarteriks magie is uitgewerkt, toont het woud zijn ware gezicht,' sprak Antonia grimmig. Samen met de andere Zoekende Zielen was ze naar beneden gekomen, om het afsterven van het woud van nabij te bekijken.

'Mevrouw Antonia…' begon meester Mandus.

Ze glimlachte. 'U bent weer uzelf, zie ik.'

'Niet helemaal…' Hij zocht naar woorden. 'Het voelt… anders.'

'Heb ik dan niet goed voor uw lichaam gezorgd?'

'Integendeel.' Meester Mandus trok enkele vreemde grimassen en ten slotte verscheen er een glimlach op zijn gezicht. Toen maakte hij voorzichtig een huppeltje en gooide zijn armen in de lucht. 'Al die spieren heb ik te weinig gebruikt, dat besef ik nu. Dankzij u, mevrouw. Het is alsof u alles… losser hebt gemaakt, soepeler.'

Antonia glimlachte terug. 'Graag gedaan.'

Spriet keek om zich heen. 'Is Zwarterik nu echt weg?' vroeg hij. 'Helemaal? Voor altijd?'

Antonia en de andere Zoekende Zielen zwegen, sloten hun ogen, en leken zich te concentreren. Even later knikten ze naar elkaar en Antonia gaf Spriet een knipoog. 'De schaduw die hier al die eeuwen heeft gehangen en het woud heeft vergiftigd, is verdwenen. Opgelost in het niets.'

Toen pas durfden ze allemaal te juichen.

Maar na een tijdje stierven de vreugdekreten weg. Een beetje treurig keek het groepje in het dode woud naar de tientallen zwevende gestaltes boven hen en andersom. Niemand wist iets te zeggen.

Mirabelle verbrak ten slotte de stilte. 'Nu zijn jullie vrij om het woud te verlaten. Wat gaan jullie doen?'

'We gaan verder met zoeken,' antwoordde Antonia. 'De meesten van ons zijn er nog, dat betekent waarschijnlijk dat onze lichamen nog ergens ronddolen. De rest...'

'Het woud heeft hun ziel belet om te vertrekken terwijl hun lichaam allang verdwenen was,' zei Hendrik. 'Nu hebben ze eindelijk rust.'

Meester Mandus kuchte ongemakkelijk. 'Mevrouw Antonia, ik vond het heel eh bijzonder om u te ontmoeten. Ik... zal ik u ooit weer zien?'

Antonia glimlachte. 'Wie weet...' Ze wenkte de anderen en na een laatste groet verlieten de Zoekende Zielen het woud, op weg naar zichzelf.

Het groepje keek de Zoekende Zielen na tot ze uit het zicht verdwenen waren. Toen draaide meester Mandus zich om. 'Ahem, wij moesten ook maar eens gaan…'

'Hadden we de koets nog maar,' verzuchtte Mirabelle. 'Ik weet niet of Griselda en Ischias nog een stap kunnen zetten.'

Griselda leunde uitgeput tegen een boom en de oude koetsier zat op de grond met een verdwaasde blik in zijn ogen.

'Juffrouw Mirabelle!' riep Spriet opeens. 'We hebben toch het paard?'

'Paard?' zei meester Mandus. Hij duwde zijn brilletje terug op zijn neus. Wat heerlijk om dat weer te kunnen! 'Ik zie nergens een paard.'

'Nou, het paard van de Zwarte Jager!'

Ischias schoot overeind. 'Zwarte Jager? Wáár!'

'Rustig maar, baas. De Zwarte Jager is er niet meer. Of eigenlijk wel, maar hij… euh zíj is nu weer zichzelf. Ze is weer Griselda.'

'Wie? Wat?' De koetsier keek angstig naar het meisje met de donkere haren.

'Ik leg het straks uit,' zei Spriet. 'Eerst moeten we dat paard zoeken.'

'Het is weg,' zei Mirabelle. Ze knikte naar een groepje bomen. 'Daar stond-ie, voordat de mist kwam opzetten.'

Spriet haalde zijn schouders op. 'Zeker weggelopen.'

Mirabelle kneep haar ogen samen. 'Of in de mist verdwenen.'

'Da's toch hetzelfde, juffrouw Mirabelle?'

'Ik bedoel, Spriet, dat de zwarte hengst misschien een voortbrengsel was van Zwarteriks magie. En nu de magie weg is…'

'Een toverpaard, bedoelt u?' Hij huiverde. 'Nou u 't zegt, het was inderdaad wel een griezelig geval.'

'Toverpaard of niet,' sprak meester Mandus op zakelijke toon, 'het dier is ervandoor. We zullen met de benenwagen moeten.'

Ergens klonk gehinnik.

'Waar kwam dat vandaan?' vroeg Mirabelle.

Spriet wees. 'Daar, achter die rij bomen!' Hij holde ernaartoe en verwachtte de zwarte hengst te zien. In plaats daarvan zag hij de koets. Het voertuig stond midden in een open plek in het woud. De twee paarden stonden ervoor, rustig kauwend op het dorre gras.

Hijgend holde hij terug en vertelde het de anderen.

Meester Mandus plukte aan zijn sikje. 'Hoe is dit mogelijk?'

'Zwarterik moet de koets en de paarden met behulp van magie in het woud hebben vastgezet,' zei Mirabelle. 'En nu zijn macht gebroken is, zijn ze weer vrij.' Ze liep om de koets heen en bekeek de paarden. 'Wat gek. Het lijkt wel of ze hier pas een paar minuten staan.'

Haar voogd haalde zijn schouders op. 'Laten we een gegeven paard niet in de bek kijken. Nu kunnen we tenminste met de koets terug naar de herberg. Dat is een stuk beter dan lopen.'

'Wie gaat ons dan brengen?' Mirabelle knikte naar de koetsier. 'Ischias is de kluts kwijt, die kan het niet.'

'Ik,' klonk het zacht. Toen iets harder: 'Ik zal jullie brengen.'

Mirabelle en meester Mandus keken verrast op.

Spriet wipte van de ene voet op de andere. 'Ik heb zelf ook wel eens de teugels in handen gehad, en ik heb het Ischias vaak genoeg zien doen.'

Even later zat de jongen op de bok. Ischias was voor één keer passagier in zijn eigen koets. De oude voerman wierp een argwanend oog op Griselda, die naast hem zat. Tegenover hen zat meester Mandus.

Mirabelle klom naast Spriet op de bok. 'Zo, da's gezelliger dan in je eentje!'

Hij grijnsde, klakte met zijn tong en riep: 'Vort, paardjes!'

De koets zette zich langzaam in beweging. Op weg naar De Vrolijke Papegaai vertelden ze Ischias wat er allemaal was gebeurd, en probeerden ze alles uit te leggen, hoe vreemd en onwaarschijnlijk het ook leek. En Mirabelle kreeg te horen wie en wat Zwarterik precies was.

Hoofdschuddend luisterde de koetsier naar hun verhalen. En toen ze in de herberg waren, viel hij, nog steeds hoofdschuddend, in een diepe slaap in het op een na beste bed dat de herbergier te bieden had.

Want het allerbeste bed was natuurlijk voor Griselda.

De herbergier en zijn vrouw geloofden hun ogen niet toen ze hun dochter na al die tijd weer terugzagen. Ze voelden aan haar lange haren en knepen in haar wangen om er zeker van te zijn dat het echt hun eigen Griselda was die daar voor hen stond. Na een omhelzing waar geen einde aan leek te komen, werd ze door Marie naar haar eigen kamer gebracht.

De herbergier was dolgelukkig en zo dankbaar, dat zijn gasten pas vijf dagen en tientallen heerlijke spijzen en dranken later mochten vertrekken. Hij zwaaide hen na tot ze hem als een stipje in de verte zagen verdwijnen.

Spriet en Ischias zaten weer samen op de bok en meester Mandus en Mirabelle zaten in de koets.

'Ik begrijp d'r nog steeds niks van,' mompelde Ischias, toen ze een paar uur onderweg waren. 'De Zwarte Jager een vrouw?' Hij fronste zijn wenkbrauwen en spoog een fluim op de grond. 'Ongelofelijk...'

'Toch is het zo,' zei Spriet.

De koetsier schudde het hoofd. 'Ik word oud, dat zal het wezen. Ik hoor en zie dingen die d'r niet zijn.'

'Maar baas,' protesteerde Spriet, 'het is allemaal echt gebeurd! Ik heb het met m'n eigen ogen gezien. En de professor en juffrouw Mirabelle ook. De professor heeft dat heus niet verzonnen, dat zou hij niet eens kunnen. En jij hebt me zelf verteld over de Zwarte Jager...'

Ischias wuifde de rest van zijn woorden weg. 'Weet ik, jonkie, weet ik. Maar dit gaat me ver boven de pet.' Hij spoorde de paarden opnieuw aan. 'Ik had nooit naar dat onzalige oord moeten gaan. Al bieden ze me een miljoen, voortaan blijven we op de gebaande paden.'

'Da's zo saai,' klaagde Spriet.

'Dan weet je tenminste wel waar je aan toe bent.' De koetsier knikte naar achteren. 'We brengen die luitjes zo snel mogelijk naar dat instituut. Ze brengen ongeluk, die twee.'

'Maar ze hebben jou gered!'

'Ja, nadat ze me eerst regelrecht in de armen van de Zwarte Jager hadden gedreven,' bromde Ischias.

'Nietwaar!' zei Spriet fel. 'Juffrouw Mirabelle...'

'Juffrouw Mirabelle dit, juffrouw Mirabelle dat! Je schijnt over niks anders meer te kunnen kwekken dan dat juffertje.' Hij keek opzij en kneep zijn ogen samen. 'Heb je soms een oogje op 'r?'

'Dat... dat is het niet. Ze is als... familie.'

'Pha!' klonk het schamper. 'Mooie familie! Als we die juffer van jou en d'r dure professor straks hebben afgeleverd, ziet ze je niet eens meer staan. Wat moet ze nou met zo'n schooier als jij?' Hij snoof. 'Zo'n dametje kijkt huizenhoog op ons soort neer, jonkie.'

'Dat zei Zwarterik ook al,' mompelde Spriet.

De koetsier hield een hand achter zijn oor. 'Wat?'

'Juffrouw Mirabelle is anders!' zei Spriet, opeens weer strijdlustig. 'Het kan haar niet schelen of iemand rijk is of arm. Het gaat haar er alleen om hoe je bent.'

'Makkelijk praten als je zoveel centen hebt als dat juffie. Maar apart is ze wel, en voor de duvel niet bang.'

Spriet gaf geen antwoord. Hij dacht aan het instituut. Daar gingen ze straks een echte dame maken van juffrouw Mirabelle en dan zag hij haar nooit meer. Nou ja, misschien als ze heel toevallig een keertje met hun koets meeging. Als volleerd deftige dame, met een parasol en een handtasje. Zou ze hem na al die tijd dan nog wel herkennen?

Spriet hoopte maar dat het een eeuwigheid duurde voor ze er waren. Of nog langer...

Iemand anders die geen enkele haast had om op de plaats van bestemming te komen, was Mirabelle.

Na alles wat ze hadden meegemaakt, wist ze zeker dat ze nooit zou kunnen wennen op het instituut. Ik ben geen dame, dacht ze, en ik wil het niet worden ook! Ze zag de woeste rover weer voor zich, die haar had laten zwieren en zwaaien. Al was het dan een list geweest van Zwarterik, die dans vergat ze nooit meer. Ze had zich zo vrij gevoeld, zo zorgeloos. Zou ze ooit nog een rover zien? De kans was niet groot. Rovers waren vast niet welkom op een instituut voor fijne jongedames. En Spriet evenmin…

Ze keek verlangend naar het portier van de koets. Ik moet eruit springen, dacht ze, nu meteen! Eruit springen en hard wegrennen. Dat grote bos daar verderop induiken, dan vinden ze me nooit meer terug. Zo snel kan meester Mandus toch niet rennen en Ischias al helemaal niet. Haar hart bonsde van opwinding bij de gedachte. Ik blijf er net zo lang tot ze het opgeven en weggaan, dan pas kom ik tevoorschijn.

Maar hoe moest het dan met Spriet? Kon hij wel zonder haar?

Kon zij wel zonder hem?

Ze zoog haar onderlip naar binnen. Als familie… Maar als ze naar het instituut ging, zagen ze elkaar vast nooit meer. En later, als ze een deftige dame was - of beter gezegd als ze een deftige dame léék, want vanbinnen werd ze het natuurlijk nooit - herkende Spriet haar misschien niet meer. Misschien herkende zij zichzelf dan niet eens meer. Of ze nu ontsnapte of niet, kwijtraken zouden ze elkaar toch.

En meester Mandus, zou hij het zonder haar redden?

Ze keek naar haar voogd en fronste haar wenkbrauwen. Er was iets vreemds met hem. Hij had in geen tijden iets gezegd - zelfs geen 'kullaria' - en wat nog merkwaardiger was, hij had zijn horloge niet één keer uit zijn vestzak gehaald om te kijken hoe laat het was. Met nietsziende ogen tuurde hij uit het raam, af en toe een diepe zucht slakend.

'Meester Mandus?'

Hij reageerde niet.

'Meester Mandus?' zei Mirabelle, ditmaal iets luider.

Nu schrok hij overeind en keek haar met grote ogen aan, alsof het hem verbaasde dat ze er nog zat. 'Hè? Wat?'

'Zult u me missen?'

'Of ik je zal missen?' Hij knipperde met zijn ogen. 'Hoezo missen?'

Mirabelle keek naar de punten van haar rijglaarsjes. 'Nou, als ik op het instituut voor fijne dames zit.'

'O ja, het instituut...' Hij kuchte ongemakkelijk. 'Natuurlijk zal ik je missen. Je levendigheid, je vrolijke stemgeluid, je eindeloze verhalen - vaak te zot voor woorden, maar toch...' Hij zweeg even en duwde het brilletje terug op zijn neus. 'Maar ik moet aan jouw toekomst denken, Mirabelle,' sprak hij toen. 'Dat is mijn taak als jouw voogd.'

'Maar als ik nou een ándere toekomst wil, meester Mandus! Als ik nou niet een deftige dame wil worden die op theevisites gaat, sonates speelt op de piano, rozenstruiken snoeit en tafelkleedjes borduurt. Als ik nou avonturierster wil worden - de jungle in met een kapmes, op ontdekkingsreis naar verdwenen stammen...'

'Verdwenen stammen?'

'... Is het dan niet uw taak om dáár aan mee te werken? Ook al is het dan niet de toekomst die u voor mij in gedachten had?'

'Maar Mirabelle...' begon meester Mandus.

'Kunt ú nog teruggaan en doen alsof er niks gebeurd is?'

'Niks gebeurd? Ik...'

Maar ze liet hem niet uitpraten. 'Terug naar uw oude leven? Kunt u dat?' Ze boog zich naar voren en keek hem diep in de ogen. 'Elke dag hetzelfde als de voorafgaande en de daaropvolgende - de krant lezen, een ommetje maken, een dutje doen, een leerzaam boek bestuderen - terwijl u nu, meer dan ooit, weet dat er daarbuiten een hele wereld is? Vol gevaren en spannende, interessante mensen en dingen - ja ook toverij - waar u part noch deel aan hebt? *Kunt u dat*, meester Mandus?'

'Lieve kind, ik heb inmiddels meer verleden dan toekomst, maar jij bent nog in de bloei van je leven en...'

'En mevrouw Antonia dan?' Mirabelle besloot haar laatste troef uit te spelen. 'Wilt u haar niet terugvinden? Want aan haar dacht u toch net, toen u uit het raam staarde?'

Haar voogd was sprakeloos.

EEN NIEUWE KOERS

'Ben je je tong verloren?' vroeg Ischias aan Spriet, die al een hele tijd zwijgend op de bok had gezeten.

Af en toe had de koetsier geprobeerd de jongen aan de praat te krijgen, maar hij was hardnekkig voor zich uit blijven staren.

'Als je dan niks zeggen wilt, kun je misschien hierop een deuntje spelen.'

Spriet keek opzij. 'Waarop?'

'Hierop.' Ischias haalde uit zijn vest een fluit tevoorschijn. De fluit was krom en knoestig, en leek zo van een boom te zijn afgebroken.

Spriet keek er met grote ogen naar. 'Hoe... hoe kom je dáár aan, baas?'

'Zat in die rare pij die ik aan had. Viel uit een van de mouwen toen ik het ding uittrok. Hoezo, is d'r wat mee?'

'Heb jij erop gefloten?'

De koetsier schudde het hoofd. 'Ik weet van toeten noch blazen. Maar jou heb ik wel eens een lollig deuntje horen spelen.' Hij stak Spriet de fluit toe. 'Vooruit, jonkie, laat es wat vrolijks horen.'

Spriet pakte de fluit aan alsof het een gifslang was en bekeek het instrument van alle kanten. Dit moet Zwarteriks fluit zijn, dacht hij huiverend. Zou er nog tover in zitten?

'Nou, waar wacht je op?'

'Ik... ik weet niet wat ik moet spelen,' stamelde Spriet. De waarheid was dat hij er niet op dúrfde te spelen. Wie wist wat er dan zou gebeuren... Zwarteriks macht was dan wel gebroken, maar dat hoefde niet te betekenen dat de fluit geen kracht meer bezat.

'Dat juffertje vindt het vast leuk als je iets moois voor d'r fluit.'

'Denk je echt, baas?' vroeg Spriet, plotseling hoopvol.

Ischias knikte en trok een wereldwijs gezicht. 'Tuurlijk, jonkie.

Vrouwen houden van dansen en muziek. Hoe hupsiger, hoe beter. Als je ze ergens mee kunt paaien, is het dat wel.'

'Goed dan.' Ik doe het, dacht Spriet, wat er ook gebeurt. Voor juffrouw Mirabelle. Niet om haar te paaien, maar omdat ik haar graag mag. Omdat ik niet wil dat ze weggaat en iemand anders wordt. Hij zette de fluit aan zijn lippen en blies er met heel zijn ziel en zaligheid op.

Er kringelde een ijle toon omhoog, vol weemoed en verlangen.

'Da's nou niet echt een deuntje van hupfaldera,' zei Ischias.

Desondanks kreeg de muziek vat op de voerman. Even later gingen zijn ogen als vanzelf dicht en liet hij zich zwijgend meevoeren op de bitterzoete klanken van de fluit. De leidsels glipten langzaam uit zijn handen en de paarden zochten hun eigen weg.

'Hoort u dat, meester Mandus?'

'Wat?'

'Die muziek!'

Ongedurig had Mirabelle zitten wachten op zijn antwoord, toen ze plotseling de ijle tonen had gehoord. Haar ongeduld maakte plaats voor nieuwsgierigheid en ze stak haar hoofd uit het venster om te ontdekken waar het geluid ergens vandaan kwam.

'Muziek?' Toen hoorde meester Mandus het ook. Het was net of de klanken alle plooien in zijn ziel gladstreken. Tegelijk wakkerden ze een verlangen aan, dat diep in hem was gaan smeulen. Een verlangen waarvan hij zich pas bewust was sinds Mirabelle een naam had uitgesproken.

Antonia…

'Het is Spriet!' riep Mirabelle. 'Hij blaast op een fluit. Waar haalt hij die zo opeens vandaan?' Ze hing nog iets verder uit het venster om het beter te kunnen zien. 'Wat een raar ding. Lijkt wel een tak.' Het volgende moment verscheen haar hoofd weer in de koets. 'Meester Mandus!' Ze werd bleek. 'Het zal toch niet de fluit van Zwarterik zijn?'

Eindelijk gaf haar voogd antwoord. Niet op wat Mirabelle zojuist had gevraagd - want dat was niet tot hem doorgedrongen - maar op die andere, heel dringende vraag. 'Nee,' zei hij.

'Is het niet de fluit van Zwarterik?'

'Nee, nee, nee!!' Meester Mandus schudde zo hevig zijn hoofd, dat Mirabelle bang was dat het eraf zou vallen. Toen stak hij zijn bovenlijf uit het raam en bonsde met een vuist op de buitenkant van het portier.

'Hola!' riep hij. 'Voerman! Stop!!'

De paarden hinnikten en het voertuig kwam met een schok tot stilstand.

Mirabelle viel naar achteren tegen de rugleuning.

Meester Mandus stootte onzacht zijn hoofd en slaakte een kreet van pijn.

'Wat is er?' vroeg Mirabelle. 'Waarom wilt u hier opeens stoppen?'

Het heertje trok zijn hoofd terug uit het venster en keek haar lange tijd aan zonder iets te zeggen. 'We gaan niet naar het instituut, Mirabelle,' zei hij toen. 'Nu niet en nooit…'

'Waarom niet?'

'Omdat het kullaria is!'

'Ik heb geen idee waar we zijn,' mompelde Ischias, terwijl hij verward om zich heen keek. Ze stonden met z'n vieren naast de koets, die midden in een grote vlakte tot staan was gekomen. 'Ik moet in slaap zijn gevallen toen hij daar dat riedeltje speelde.' Hij knikte naar Spriet, die met een beteuterde blik naar het kromme stuk hout in zijn hand staarde.

'Ik deed het niet expres, baas, echt niet!'

Mirabelle legde een hand op zijn arm. 'Rustig maar, Spriet, niemand geeft jou de schuld.'

'Maar als ik niet op die toverfluit had geblazen…' begon hij.

'We weten helemaal niet of er nog magische krachten in dit instru-

ment schuilen,' zei meester Mandus, terwijl hij er een onderzoekende blik op wierp. 'Dit alles had ook zonder toverij kunnen gebeuren.'

'Hm,' deed Mirabelle.

'Goed goed,' zei hij gauw. 'Ik geef toe dat de klanken mij hielpen een moeilijke knoop door te hakken. Maar ik zag geen droombeelden, waanvoorstellingen of illusies, zoals we allen eerder hebben meegemaakt toen de fluit ons naar het Verboden Woud probeerde te lokken.'

'Behalve ik dan,' zei Spriet, alsof hij dat nu jammer vond. 'Mij heeft-ie nooit proberen te lokken.'

'De professor heeft gelijk.' Ischias knikte instemmend. 'Dit keer zag ik ook niks bijzonders.'

'Hooguit,' vervolgde meester Mandus op geleerde toon, 'kleeft er nog een residu...'

'Residu?' herhaalden Spriet en Ischias.

'Een restant,' vertaalde Mirabelle.

'Een restant van magie aan deze fluit,' voltooide meester Mandus zijn zin. 'Sterk genoeg om een verlangen aan te wakkeren...'

'... Maar te zwak om het nog in beelden om te zetten!' vulde Mirabelle aan.

'Inderdaad.'

Even sprak niemand een woord.

Toen Ischias vond dat de stilte lang genoeg had geduurd, zei hij: 'Hoe dan ook, door mijn afwezigheid zijn we gestrand in het midden van nergens, terwijl u haast had om met de juffer bij het instituut te komen.' Hij knikte naar de koets. 'Zullen we dan maar weer?'

Meester Mandus keek hem fronsend aan door zijn knijpbrilletje. 'Weet jij dan hoe wij weer op de juiste weg moeten komen, voerman?'

'Nou uh, ik zal even moeten zoeken, maarre...'

'Je weet het dus niet. Mooi zo, prachtig!'

'Mooi zo?' Ischias keek verwonderd naar Mirabelle en vroeg zacht: 'Meent-ie dat nou, mejuffer?'

Mirabelle haalde haar schouders op. Ze had geen idee wat er in haar voogd gevaren was.

'Wis en waarachtig meen ik het!' Meester Mandus duwde hen terug naar de koets. 'Hop hop, iedereen! We gaan vertrekken!'

'Waar naartoe?' vroeg Ischias, terwijl hij beduusd op de bok klauterde.

'Overal naartoe!' Vermanend zwaaide meester Mandus met een vinger. 'Behalve naar het instituut!!'

'Meester Mandus,' begon Mirabelle. 'Wat is er met u geb…'

'Jij én de fluit - met of zonder magie - hebben mij doen inzien dat ik op de verkeerde weg was.' Hij glimlachte. 'Vanaf nu gaan we reizen, Mirabelle, de hele wereld rond - nieuwe dingen ontdekken. We geven onze nieuwsgierigheid en onze verbeelding de vrije teugel!'

Ischias krabde zich op het hoofd. 'Klinkt allemaal reuze interessant, professor. Al snap ik d'r geen snars van. Maar één ding begrijp ik wel…'

Meester Mandus trok een wenkbrauw op. 'En dat is?'

'Dat ik die vrije teugels in elk geval niet zal vasthouden. U moet op zoek naar een andere koetsier.'

'Waarom?' vroeg Mirabelle geschrokken. Ze keek naar Spriet en zag dat hij hetzelfde dacht - het was zover, nu moesten ze voor altijd afscheid nemen van elkaar…

'Waarom?' herhaalde Ischias. 'Dat zal ik u uitleggen, mejuffer. D'r zijn veels te veel gevaarlijke plekken op de wereld, waar ik voor geen goud terecht zou willen komen.'

Mirabelles ogen begonnen te twinkelen. 'Gevaarlijke plekken?'

De koetsier knikte. 'De Mistige Moerassen van Moribund, om maar es iets te noemen. Of het Brandende Bos, waar de Kale Knarser en zijn Kobolden de kachel met je aanmaken…'

'Lekker eng!' Mirabelle keek naar meester Mandus. 'Vindt u niet?'

'Het klinkt eh veelbelovend,' gaf hij toe.

'Zoals ik al zei, dan zult u een andere koetsier moeten vinden.' Hij knikte naar Spriet, die met een somber gezicht naast de koets was blijven staan. 'Kom, jonkie, we brengen deze luitjes terug naar de bewoonde wereld. En dan is dit avontuur afgelopen.'

'Nee,' zei Spriet.

'Nee?' Ischias keek hem verbaasd aan. 'Wat nee?'

'Ik ga niet met je mee, baas.' Hij keek naar Mirabelle. 'Ik zal uw koetsier zijn, juffrouw Mirabelle, en u en de professor brengen waarheen u maar wilt. Kan me niet schelen hoe gevaarlijk het is.'

'Maar jonkie…' begon Ischias. 'Je hebt niet eens een koets!'

'Die kan de professor vast wel kopen, of anders juffrouw Mirabelle. Toch?' Vragend en tegelijk smekend keek hij haar aan.

'Vast wel,' zei ze.

Meester Mandus wreef in zijn handen. 'Mooi zo, dat is dan geregeld! Laten we op pad gaan.'

'Wacht!' klonk de stem van Ischias. 'Een nieuwe koets is niet nodig.' Het oude mannetje zuchtte. 'Spriet is alles wat ik heb. Waar hij gaat, ga ik ook, al gaan we onze ondergang tegemoet…'

'Kom kom, voerman, niet zo somber!' zei meester Mandus, en hij gaf Ischias een joviale klap op zijn rug. 'Dat zal zo'n vaart niet lopen. Bovendien zal ik je vorstelijk belonen.'

'O ja?' Het gezicht van de koetsier klaarde alweer wat op.

Spriet grijnsde van oor tot oor. 'Blijven we tóch bij elkaar, juffrouw Mirabelle!'

'En we gaan samen nog allerlei avonturen beleven, Spriet!' beloofde ze. 'En zeg maar gewoon Mirabelle hoor!'

'Weet u het echt heel zeker? Van dat ontdekken en zo, en dat rondreizen?' vroeg Mirabelle toen ze even later weer in de koets zaten. 'Ik bedoel, het ging zo plotseling. U lijkt wel een ander mens!'

'Ik vóél me ook een ander mens,' zei haar voogd plechtig. 'Maar zo plotseling ging het nu ook weer niet. Vanaf het moment dat ik mijzelf verloor in het Verboden Woud, maalde het in mijn hoofd. Letterlijk alles stond op z'n kop. En toen ik terugkeerde in mijn lichaam, nadat het door mevrouw Antonia be-zield was geweest, wist ik dat ik nooit meer de oude kon worden. Wie weet heeft de toverfluit me het laatste zetje gegeven.'

'Of mevrouw Antonia?'

Voor het eerst van zijn leven kreeg meester Mandus een kleur.

Mirabelle legde een hand op zijn arm en zei zacht: 'We vinden haar wel, al moeten we er de hele wereld voor afzoeken.' Toen keek ze naar de knoestige fluit, die in haar schoot lag. Spriet had hem aan haar gegeven, als aandenken aan hun eerste grote avontuur samen. 'Zou er nog toverkracht in zitten? Of is alles nu echt opgebruikt?'

Meester Mandus trok met zijn schouders. 'Er is maar één manier om daar achter te komen, Mirabelle…'

Ze keek hem opgewonden aan. 'Erop blazen, bedoelt u?'

Hij knikte.

Aarzelend bracht ze de kromme fluit naar haar lippen en blies er toen een dromerig deuntje op. Voor de laatste keer gingen haar gedachten naar de rover, naar zijn handen die haar hadden opgetild alsof ze een veertje was, en haar hadden laten zwaaien en draaien.

Terwijl ze het melodietje speelde, keek ze door het achterraam van de koets naar het verdwijnende landschap. Even meende ze iets te zien - een gestalte leek het. Ja, daar in de verte stond een man. Hij zwaaide met zijn hoed.

Mirabelle knipperde met haar ogen. Hij stond er nog steeds. Ze slaakte een gilletje en liet de fluit uit haar handen vallen. 'Meester Mandus! Kijk! Dáár, door het achterraam!'

Haar voogd draaide zich om en keek. Toen nam hij zijn bril van zijn neus, wreef hem schoon, zette hem weer op en keek opnieuw. Hij schudde het hoofd. 'Nee. Ik kan het niet goed zien. Het is te ver weg voor mijn slechte ogen. Wat was het, Mirabelle? Een luchtspiegeling?'

'Nee,' zei ze met een glimlach. 'Een laatste groet…'

De man keek de koets na terwijl deze in de verte verdween, en bleef zwaaien met zijn hoed. Hij had een woeste baard en fonkelende ogen, en gouden ringen schitterden in zijn oren. Er stak een dolk in zijn riem en ook eentje in zijn linker kaplaars. Toen het rijtuig niet meer te zien was, trok hij de breedgerande hoed diep over zijn voorhoofd. Hij draaide zich om en verstopte zich achter een struik, waar hij wachtte op een nieuwe prooi.